顾盼集

白兆麟 著

时代出版传媒股份有限公司
安徽教育出版社

图书在版编目（CIP）数据

顾盼集 / 白兆麟著. —合肥：安徽教育出版社，2012.11
ISBN 978-7-5336-7001-6

Ⅰ.①顾… Ⅱ.①白… Ⅲ.①散文集—中国—当代 ②随笔—作品集—中国—当代 Ⅳ.①I267

中国版本图书馆 CIP 数据核字（2012）第 267110 号

顾盼集

GU PAN JI

出 版 人：费世平
策划编辑：鲍康健
责任编辑：何换生
装帧设计：吴亢宗

出版发行：安徽教育出版社
地 址：合肥市经开区繁华大道西路 398 号 邮编：230601
网 址：http://www.ahep.com.cn
营销电话：(0551)63683012，63683013
排 版：安徽时代华印出版服务有限责任公司
印 刷：三河市燕春印务有限公司

开 本：787 毫米×1092 毫米 1/16
印 张：14.25
字 数：190 千字
版 次：2012 年 11 月第 1 版 2023 年 7 月第 2 次印刷
定 价：32.00 元

目录

序一

文情并茂　顾盼生辉

方遒

好的散文作品，作者、读者与作品三者之间形成一种“实人对实人讲实话的关系”，读这样的散文，“人们常有好像作者在同自己灯下对坐或林中漫步那样的亲切感，仿佛作者在把他的心肝掏出来给自己看那样的真诚感，如同作者在跟自己一起剖视人生、社会、历史的真相那样的实在感”。白兆麟先生《顾盼集》中的散文当属此类。

白先生退休以后，前往美国探亲而过着旅居的日子，“不再有教学和研究的负累，便悠闲地写起与学术无关紧要的散文来，随笔、游记、杂感，随着性子游走”(《都市人的贴心朋友》)。这“随着性子游走”就是无拘无束，独抒性灵。作者既无妄自尊大之优越感，又绝不低俗地曲意逢迎；听凭笔下流动着文如其人之“谈话风”，作品示人以“豪华落尽”之本来面目。所以，阅读他的《顾盼集》便有着天然的“亲切感”。

如果说，“平等的态度”属于意识层面，是对读者的尊重，可以消除作者与读者之间某种隔阂，那么，“将读者视为知己”则属于情感层面，它更拉近了作者与读者的心理距离，使心灵交流成为可能。《顾盼集》显然作出了这般努力，作者将自己“不得不言而又不易为俗人言的秘密”向着读者吐露时，就已经假定读者是“可与言的契友”，摒弃了骄矜与虚伪的谦逊，“平面相视，赤心相对，不装腔作势，也不吞吐含混”。尽管，白先生的笔墨中褒贬扬抑未必在在的当，但相信无不打上作者诚信的人格烙印，绝非戴着面具的欺人之谈。所以，《顾盼集》能给读者以推心置腹的“真诚感”。在“言假言”、“文假文”蔚为风气的病态语境，这种“真诚感”弥足珍贵。

也许，作者因为深受祖国优秀文学遗产的熏陶，故为文时有着清醒而自觉的社会担当意识，力求立意高远，有益于世，尤其是他在国外所写的散文，“满怀热情地回顾父母之邦，异常冷静地期盼异国风情，其中也不乏对生命的苦苦思索，对社会的深深反思”（《异国“独处”，别有洞天》）；既有“对乡里故国某些文化习俗的冷静的思考和反省”，又有“对他乡异国的热切的思索和评断”（《顾盼集·跋》），可谓一“顾”一“盼”，皆紧扣温馨而深远的人文关怀。所以《顾盼集》的确给人以“剖视人生、社会、历史真相”的“实在感”。这种“实在感”是赤子的衷情、学人的博识和智者的覃思熔铸而成的，它在尊崇“感官刺激”乃至“娱乐至死”之当下，显然有些不合时宜；但正是这坚挺的“实在感”彰显了一名文化人不屑于趋时媚俗的自持风范，也彰显了一位精神家园守望者的良知之光。

必须指出，除了上述“亲切感”、“真诚感”、“实在感”之外，《顾盼集》还十分注重文学的审美属性，它依靠爱美的慧眼去捕捉美，爱美的心灵酿造美，并凭借精美的形式表现美，从而让读者获得种种欣赏美、品味美的愉悦感。“山沓水匝，树杂云合。目既往还，心亦吐纳。春日迟迟，秋风飒飒。情往似赠，兴来如答。”

在山重水复的人生旅途上，白先生左顾右盼，回顾企盼，几如“从山阴道上行，山川自相映发，使人应接不暇”。他始而“用西方文化的眼光来观察中国”，继而“又反过来用中国的传统思想来考量西方”（《顾盼集·跋》）。他的心灵与外物是“互动”的，“情”为“物”所激活，“物”为“情”所重塑，构成了“情以物兴”、“物以情观”的情感回环。这里所谓“情”实则渗透着或升华出不同程度的思考的因素的“情思”、“情志”。它“崇尚理想、注重哲理、执著情感”(《顾盼集·跋》),平凡而真淳,丰富而厚重,热烈而理智,柔软而坚韧。它涵盖着对故乡、母校的自豪之情,眷恋之情;对父母、师长的景仰之情,感激之情;对遭遇劫难的亲友的悲悯之情,愤懑之情;对儿孙幸福生活的欣慰之情,期望之情;对异域文明进步的艳羡之情,激赏之情;对大自然的鬼斧神工的惊叹之情,敬畏之情;对自己的治学路上“钻坚求通,钩深取极”的顿悟之情,自得之情……作者所“顾”所“盼”皆因作者“情”之浸润、“情”之烛照而闪耀出夺目的光辉。

郑板桥说过,“胸中之竹并不是眼中之竹”,“手中之竹又不是胸中之竹”。《顾盼集》作者沿途所“顾”所“盼”的“眼中之‘竹’”,当然也不同于他提供读者观赏的“笔下之‘竹’”。他所描述的人、事、景、物之所以具有感人、怡人的魅力,是因为它们文情并茂。这除了情感的因素之外,显然得力于作者驾驭语言的功力。“‘简练’是中文的最大特色,也就是中国文人的最大束缚。”作为一位长期从事古代汉语教学与研究的学者,白先生是很容易在行文时“简练”成癖而窒碍情感的抒发并使文字的纯真、自然意味受伤致残的。然而,也许他恰好得力于语言文字的研究,故更能把握语言文字的命脉为己所用,乃至充分发挥其“心声”、“心画”的功能。如前所说,他的笔下流动着文如其人之“谈话风”,他的文字精练而流畅,朴实而灵动,既表现出散文应有的运笔如风的自在性,也凸显出作者对“至巧近拙”境界的美学追求。他或寓情于叙述之中,或寓情于描写之中,或寓情于议论之中,所“顾”所“盼”无不脉脉含情:他无意于“铺采摛文”,“雕章琢句”,文字中却闪射出朴素清新的文采。

“文章情趣甚可比?蜂飞蝶舞水荡波。无须世人费猜测,喉头作痒自唱歌。”(《敲击有感》)白先生用“蜂飞蝶舞水荡波”的诗画描绘了自己春意盎然、生机勃发的情感世界,又用“喉头作痒自唱歌”的体验比喻了自己情动于中、一吐为快的心理亢奋。这二者正是写作散文的必要条件和最佳态势。作为喜欢赏鉴白先生散文的一名读者,我热切地期望:白先生能继续以那优越的情趣与态势，在他“春与秋其代序”的键盘上敲击出更多抚人心弦、启人心智的精彩文字来，不负这“人间好时节”！

二〇一一年五月三十日于安徽大学无心居

序二

高山流水自写心

王达敏

白兆麟先生寓居美国，这次回国名为度夏，实为忙碌几部著作的出版。不几日，他送我刚出版的《〈马氏文通〉综论》，言其为平生最后一部学术著作。听之，敬佩与感伤莫名顿起，一时无语。先生是我的业师，我们同在一所大学中文系，他在古代汉语教研室，我在中国现当代文学教研室，三十多年来，我们由师生到同事，遂成忘年交。他对我照拂，我对他尊敬，无意间达成默契，彼此有新书出版，必定选其品相最佳者先送给对方，读多读少在其次，要的是在摩挲之中感受“敬”与“爱”的温情。

越二日，先生来电话。第一句话，“我准备出一本散文集”。先生二〇〇七年退休，此时他已过古稀之年。这之前的二〇〇六年，我从报纸上读到他记叙故乡往事、青少年教育，抒写亲情的好几篇散文，甚为惊诧，没想到一生专治古典之学、崇尚古典之学的先生，居然与我辈同流，涉笔俗世文。继而佩服，先生的这些散文平实蕴意，内中有着质朴纯正的风韵。自个儿先美了，接着跑去对先生说，你干脆写散文吧。先生的兴致被我煽动起来了，我借势怂恿他多写些这样的文章，我们喜欢呢。还说季羡林、金克木等学术大师晚年的散文随笔如何好，如何爆得大名，以此说明这样做并非不务正业，先生默认了。近三年，先生寓居美国，常在美国和欧洲旅游，所见所闻所思皆成文章。一篇篇散文、游记、随笔、杂感通过"Email"传过来，读文见人，仿佛与先生一起神游异国他乡。私下窃喜，先生终于不着痕迹地实现了由学者到文人、由学术到文学的转换，此中，我推波助澜了。但先生这么快就要出版散文集，还是令我意外。

先生第二句话，"你写篇序吧。"我惶恐，辈分不对、才质不配啊！先生在传统学术里浸润半个世纪，蕴蓄既富，思力又锐，其国学根基和学养相当深厚。古典学界历来重视"传承"和"学养"，对于主要不以"功力"而以"思想"、"观念"见长的当代学问，多有偏见，向来低看。先生未能免俗，多少有点，而对于我，他却"另眼相待"，明显"偏心"，一半因为我是他的学生，一半因为我有点悟性，做出的活能够让他瞅上一眼。无论怎么说，也轮不上我为他的书作序啊！便连忙推辞，这序我写不了。先生说："我认准你，就你写。"也许是怕我有所顾虑，他补了一句："你想怎么写就怎么写"。完全是命令式的，没有任何商量的余地。恭敬不如从命，我竟然糊里糊涂地接受了。

先生神闲气定，纵笔驰骋，深情追忆昔日偏僻而繁华的屯溪镇、陈旧保守的私塾、新鲜活泼的洋学堂和教会学校、名师云集的徽师、穷困不潦倒的父亲、宽厚豁达的岳母、优雅时髦的二姨、命运多舛的内兄；怀念一代宗师陆宗达先生、提携后学的恩师徐复先生；颂赞至圣先师孔子、亚师孟子、新文化运动的先驱者胡适和陈独秀、直率宽宏的钱钟书、慈悲济世的净空法师；记游拉斯维加斯大赌城、闻名遐迩的大峡谷、赫氏古堡、圣地亚哥海滩、洛杉矶好莱坞影视城、纽约大都会博物馆、大英博物馆、费城富兰克林科技博物馆、英国的爱丁堡、史前建筑巨石阵；感受西方的万圣节、美国的中小学教育和美国人的生活情趣；阐发中国传统文化思想的当代意义、读书与治学；不一而足。集子里的作品多系脱缰之作，率性与节制均衡，尽显学者的人间情怀，文人的立世本色。

文如其人多半不可信，于先生却合适。在我眼中，先生儒雅刚正，为人为文谨严，与他的专业同色同调。"十年修得同船渡，百年修得共枕眠"，我以为这是半个世纪的学术善人之所至。及至读完《顾盼集》，连呼上当，感叹被先生表象蒙骗了二三十年，他原本也是一位春心浪漫的文学郎啊！他坦言：这几年，青年时代孕育的文学情结重新复活，莎士比亚的四大悲剧，巴尔扎克的人间喜剧，托尔斯泰的长篇小说，契科夫的短篇小说，甚至如希腊的史诗，英国的乡曲，德意志的歌德，俄罗斯的普希金，又重新回到我的心坎上，那种藕断丝连的甜蜜感觉，只有当事人才能深刻体验。套用诗人海子一句诗来形容，那便是“面朝大海，春暖花开”。

“花开”凭依才情，更有心境。才情是前提是条件，心境是气候是契机。潜伏了半个世纪的文学才情“花开”于先生古稀之年，我视其为天意之所为，有意要为他造一个完善人生。而先生也乐意接受这份善意，“我到古稀之年完全退休的前后……不再有教学和研究的负累，便悠闲地写起与学术无关紧要的散文来，随笔、游记、杂感，随着性子游走”（《都市人的贴心朋友》），那种感觉如“行云流水”（《跋》）。由此而戏言自己现在是一个“散淡之人”，有三大乐趣：一是读散淡之书，即与专业无甚关系之书；二是写散淡之文，即与功名完全无关之文；三是思散淡之思，即与一生得失有关之反思（《古稀述怀》）。“散淡”是率性而为，适意自乐，这可是人生佳境啊！人活到这种境界，在俗而不俗，一旦落笔为文，便元气勃勃，“高山流水自写心”了。我视其为先生散文的第一特色。

“自写心”落到实处，一是作者与“自我”对话，二是作者与历史、现实、自然、文化、文学等“他者”对话。若仔细辨析，二者是合则多，分则少，常常彼此互为共存，你中有我，我中有你，充分体现出“自写心”以我为本体的个性特色。

先说与他者对话。先生与他者对话，纸面为文，纸背蕴意。《经典，远未过时》、《不该忘却的忘却》、《新年愿景》诸篇阐释经典的永恒价值，指出经典的现实意义，纸背传达出的则是中国知识分子忧国忧民、以天下为己任的情怀。《读书与治学》、《材料与理论》、《关于治学的几个问题》、《由朱熹论读书说开去》诸篇谈如何读书、治学，纸背则蕴含着中国人文学者将学术生命化的精神操守。当纸背的意蕴按捺不住而必须出示时，作者便让其从现代意识中导出。即使是记美国社区中小学课外活动这般不起眼的文章，也能从中发现深意：美国社会是在照顾孩子天性的前提下，按照可接受原则，循序渐进地培养他们的组织纪律性(《社区中小学的课外活动》)。如此一来，文章的品格和气象就非同一般了。

再说与自我对话。与自我对话，与他者对话，最终都可视为与自我对话。平心而论，先生的散文不是篇篇精彩，可就是不俗。原因诸多，最重要的一点，是其中始终流动着一种珍贵的情感——感恩情感。《顾盼集》里，感恩不再仅仅局限于纯粹的伦理意义上的"施恩"与"感恩"，它已经成为作者的一种生活态度，体现为对现实理解后的超越，对一切存在的尊重。仿佛又听到余华写完《活着》后的真情告白：长期以来，我的作品都是源出于和现实的那一层紧张关系，"我和现实关系紧张，说得严重一点，我一直是以敌对的态度看待现实。随着时间的推移，我内心的愤怒渐渐平息，我开始意识到一位真正的作家所寻找的是真理，是一种排斥道德判断的真理。作家的使命不是发泄，不是控诉或者揭露，他应该向人们展示高尚。这里所说的高尚不是那种单纯的美好，而是对一切事物理解之后的超然，对善和恶一视同仁，用同情的目光看待世界。"(《活着》中文版序)

室外热浪滚滚，时节已近盛夏，校园的天鹅湖和眼镜湖一带的树林依然幽静，漫步在浓阴郁郁的湖边，想起先生过两个多月又要到美国去，不禁怅然。但愿这篇小文能够缓慢先生的步履，继续"顾盼"。

二〇一一年六月十一日

辑　一

隔不断的故乡情缘

我有两个故乡，而且都与或静或动的水结下了不解之缘：一在湖畔，一在江边。那湖，是我的出生地——杨桥镇白家湾所面临的石塘湖；那江，是我的生长地——屯溪镇所背靠的新安江。杨桥镇旧属桐城县，为当时安庆府所辖；而屯溪镇旧属休宁县，归当时徽州府所管。你说巧也不巧？生于安庆，长在徽州，这个“安”“徽”两个字我都沾上了，我可是地地道道的“安徽”人哪！

经常听父亲说起，我出生还不到半年，“七七”卢沟桥事变就爆发了，要不是该死的日本鬼子的炮火即将烧到长江边，他就不会举家由江北的安庆迁到皖南的徽州。从我记事起就知道，父亲原先在安徽省地方银行做事，银行设在当时的省会安庆。先是父亲随省行转移到山区小镇的屯溪。将近四岁时，父亲的工作已经稳定了，就带信要我们也转移到屯溪去。于是母亲便设法雇人一担挑着我们兄弟俩，坐船渡过长江去往大后方的皖南山区，在当时有“小上海”之称的腹地小镇安了家落了户。直到新中国建立后上了初中我才明白，在抗日战争期间，屯溪那么个小镇之所以形成畸形繁华的景象，除了皖南山区具有“一夫当关，万夫莫开”的地理优势之外，主要是因为共产党领导的新四军的军部就设在离屯溪不远的泾县的陈村。即使“皖南事变”之后，新四军的威慑力量依然存在，这不能不使日本鬼子有些胆战心寒。

杨桥镇今属安庆市，如今已经是闻名遐迩的皖西旅游胜地。因为离开时年龄太小，几十年来对出生地依傍的石塘湖已经没有什么印象。半个多世纪以后回到故里才惊讶地发现，白家湾背靠小龙山脚，不禁令人联想起唐代诗人韦应物的“漠漠帆来重，冥冥鸟去迟”这两句诗来。不知为什么，我魂牵梦绕的出生地，在我想象当中似乎应当是这幅景象，我真真切切地为第一故乡的这片光鲜美好的景致而陶醉了。

屯溪路的街道沿新安江边由东向西一字儿排开。与江水并行的一条主要干道当时取名“中山路”，与干道垂直由南而北的三条马路分别称作“民族”“民权”和“民生”，这显然是孙中山先生逝世之后，为纪念这位辛亥革命之父并体现其“三民主义”思想而命名的。

幼年印象最深情谊最笃的，应当是那条江水了。读小学时，除了到江里游泳洗澡之外，至少有两三个暑假，继母便带我们兄弟俩回她的娘家去度过。继母娘家居住在离屯溪五十多华里的大山深处，名叫璜源村，翻过一座高山就属浙江省境。从屯溪出发，渡过新安江，经临溪，出汊口，越岭上，避璜尖，几乎都是沿着一条新安江的支流蜿蜒而行。那崎岖的山路，别说双轮车进不去，就是笨重的独轮鸡公车也难以直接到达。

记得第一次去璜源不过八九岁，开头二十多里路还高高兴兴的，俯视弯弯曲曲的溪水，仰望层层叠叠的山峦，绿油油的是禾苗，黄灿灿的是菜花，自然比关在教室里读书要有趣的多，那开心的劲头就甭提了。可走着走着就体力不支了，不是脚底板疼，就是膝盖骨酸，那美妙的田野风光再也吸引不了幼小的我们了。等到爬过那上下十五华里的山岭，几乎哭着直嚷嚷，说什么也不想走了。继母只得一边哄着，一边委托过路而又熟悉的叔叔带信到村里，喊一两个堂兄弟来接应。盼啊盼啊，好容易来了两个大人把我们兄弟俩背到外公家，到家就倒在床上了。后来读到《孙子兵法》里所说的“行百里者半九十”，我就立即回忆起幼时的这一幕情景来。至今还记得，璜源村不过三十户人家，却分上村与下村，这里两三户，那儿四五户，而且相隔不近，那原始生态的参天大树把鸡犬之声都掩盖了。

记忆里有个至今也抹不去的景象，那就是活跃在深山老林里的伐木人的身影。他们把成材的林木砍伐下来，一根根地投入急湍的水流，凭借水势让它们自然地被冲击下去，偶尔遇到有的林木搁浅，便有守候的伐木人跑去拨弄，到达水面较宽的汊口时，他们便把聚集的林木编成木排竹筏，一边呼喊着号子，一边用竹竿撑着顺流而下，看去如同一幅活生生的山水画。少儿的我当时恨不得也跳上木排竹筏，去体验其中的无限乐趣。等到林木出手之后，他们便买回各种日用品肩挑着奔往山里各自的村落。

支流的尽头便是新安江，除了伐木工在江面上撑着竹筏之外，江两边就是硬拉着船只逆水而行的纤夫们，他们赤着脚挪步在石子路上，露着背暴晒在太阳底下，但他们依然眼望前方，有节奏地前呼后应，对生活充满着憧憬与遐想……谁说不是呢？在漫长历史贫瘠的旧中国，就是这帮伐木工和纤夫们祖祖辈辈沟通了深山野村与现代城镇的生活命脉。

虽然我早已定居在省城，可也是他们的脊背和赤脚勾起了我对湖畔和江边的无限眷恋！故乡啊故乡，时空又怎么能隔断这天然的情缘呢？

我所受的私塾启蒙

在我这一辈人当中，一般从小上的都是所谓“洋学堂”，即一开始就接受西方式现代化教育，学的内容是语文、算术、自然等课程，教的方式是分班级由专门教师讲课。而我自小生活在皖南山区的屯溪，虽说当时就是一个经济比较繁荣的小集镇，但毕竟地处偏僻，在启蒙教育方面形成私塾、洋学堂、教会学校三足鼎立的奇特格局。我父亲虽然在现代化的银行里做事，但思想相当保守，他不相信洋学堂能教会孩子什么真本领，起码那里不学珠算，于是便把我和弟弟一块送到沙洲街住家附近的一所私塾就读。

这所私塾设在当地一个富豪家的大宅院里。父亲事先就给办好了入塾手续，选择了一个吉日良辰，让我们兄弟俩穿着长衫，领我们到那所私塾。一进黑漆大门，就看见左首有一位正襟危坐的老先生，右边坐着一群年龄大小不一的学生。老先生见到父亲带着我们，便站起来默默地引我们到正堂，要我们兄弟俩朝着孔夫子的牌位下跪磕头，然后领着我们去就座。

记得我们当时年龄还不到五岁，年幼胆小，刚进门时还不敢四面张望。等到在指定位置上坐定，才偷偷地看看周围。上首坐的老先生，一副典型的私塾老师的模样，清癯的脸庞，瘦瘦的身躯，满头白发，山羊胡子，一身长衫，两眼有神，时而阅览面前桌上摊开的线装书，时而注视底下高声诵读的学子。离他座位不远处，摆着一张长长的条凳，条凳边上还靠着一根长长的竹鞭，足有四尺多，显然是用来体罚学生的。那幅景象，使人联想起京剧舞台上县衙门审犯人的情景，不由得心里一阵悚惧，但又不敢做声，只得低下头来翻看刚拿到的课本。

上了几天学，我才知道私塾一共只有三门功课：一门是识字，即诵读当时的启蒙课本《三字经》；一门是写字，即当时所谓“描红”，也就是用毛笔照着印好的红色字体描写；再一门就是珠算，学会在算盘上加减乘除。此外，除了读书写字，还是读书写字，没有任何其他活动。由于畏惧先生的威严，孩子之间的些许玩耍打闹也极少见到。其空气之沉闷，可想而知。但我由于当时还没见过洋学堂里学生学习的情况，无从比较，眼看那些小哥哥们都在高声读书或者拨打算盘，幼小的我倒也心安理得，觉得大家在这里都这样，不比在家里。

因为我们是蒙童，识字是私塾的中心环节。先生的授课方式，与洋学堂之讲课大不相同。因为年龄大小不一的学子都在一起，入学的时间又有早有晚，进度不一致，所以学生只能逐个上先生身边去领教。当老先生叫到我的名字时，我便捧着当时竖排的《三字经》走上前去，站在先生身边面对着先生。先生每念一句，我就跟着读一遍，先生便用朱笔在每一句的右下角圈点一下：“人之初。性本善。性相近。习相远。”丝毫不加解释。每次只教四句，我跟着他读三遍。如果读起来不拗口，便让我回到座位去一个字一个字地熟读。大约过半小时左右，先生就叫我上去，转过身来背诵给他听，也是三遍。若无滞碍，再教四句，如此反复。上午放学以前，要把已经教过的八句连起来背给先生听，他满意了才允许你回家，否则就留下来再读，直到会背诵为止。

下午一般是先学珠算，再习描红。学珠算也是逐个上去，开头讲一点算盘的普通规则，然后就教加法口诀，也是要你背诵：“一上一，二上二，三下五除二，四退六进一。”每教几句，便下去练习打算盘。等到会背口诀又会拨弄了，再捧着算盘上去打给先生看。先生满意了，再教几句。如此反复，两遍结束。至于描红，先生只讲些点、撇、横、竖、捺，就要你依葫芦画瓢。傍晚放学之前，先生逐个检查一天的功课，满意的就立即放你回家，不满意的就暂时留下来再背诵再练习。背了练了而依然极不满意的，对不起，那就要趴在条凳上挨几下鞭子了。

就这样，在这极枯燥、极沉闷的氛围中度过了四个多月，终于读完了“人之初”的《三字经》、“赵钱孙李”的《百家姓》、“天地洪荒”的《千字文》以及大半本《幼学琼林》；学会了珠算上的加、减、乘法，除法还没学；写字已会照字帖临摹。其中只觉得《幼学琼林》那本书挺有意思，这不仅因为书中附有插图，而且里面讲的是许多小故事，生动有趣，适合小孩的口味。

私塾毕竟内容陈旧、方式保守，远不如洋学堂那么新鲜、生动、活泼，其式微衰败势所必然。我进的那所私塾，不过三个月就开始有学生转走了，往后越来越少，结果寿终正寝，关门大“吉”。而我也乐得转学，到屯溪黎阳小学读二年级去了。在私塾的四个月里，我确实不记得是否挨过竹鞭子，即使有，也是偶尔次把。但是，私塾的那扇黑漆大门、那张条凳、那根竹鞭，却在我幼小的心灵里留下了不可磨灭的阴影。直到后来进了大学，学习了许慎的《说文解字》，知道形声字“教”“政”等右边的“文”字形体，其实就是手拿鞭子的示意字，我这才具体地领悟到：汉封建社会的“教”，就是用鞭子让你仿效的教育；封建社会的“政”，也就是用鞭子让人“端正就范”的政治。私塾让位于学校，封建让位于民主，都是社会历史发展之必然。

记忆中的屯溪教会学校

我自小生活在皖南山区的屯溪。在上个世纪四十年代初，作为抗战时期大后方的屯溪，虽说就已经是一个经济比较繁荣、文化比较发达的小集镇，但毕竟地处偏僻，历史上又受宋明理学的影响较深，在启蒙教育方面形成私塾、洋学堂、教会学校鼎足三立的奇特格局。我父亲虽然在现代化的银行里做事，但思想相当保守，他不大相信“洋学堂”能教出孩子什么真本领，便把我和弟弟一块送到住家附近的一所私塾去接受启蒙教育。

私塾毕竟内容陈旧，方式保守，远不如西方化的“洋学堂”那么新鲜、生动、活泼，甚至衰败势所必然。我入塾不过两三个月，那所私塾就开始有学生转走了，往后越来越少，结果寿终正寝，关门大“吉”。而我也乐得转到黎阳小学去读二年级。后来几经转学，到高小六年级时，可能是由于家境已经贫寒的缘故吧，父亲又把我们送到天山小学去读书。

天山小学是一所天主教教会学校，附设在天主教堂里边。天主教堂坐落在屯溪老大桥的桥头附近，背靠所谓“岭上”。教堂高高耸立，规模颇大，与今世西方常见的教堂建筑同一风格，建筑顶端竖有一座相当高的耶稣全身塑像。仰头望去，耶稣头上戴有荆棘冠，双手稍稍摊开，脸面略带忧郁，极其安详地俯视着世人。从大门进去，是几十级的台阶，两边树木葱郁，给人一种崇高、庄严、神秘的感觉。大门进去右首，是附设的教会医院，穿着白大褂的外国医师、护士进进出出，忙而不乱。

教会学校的规模，在屯溪当时的小学校当中，不大也不小，约有五百来个学生。男女生分部，男女同学上学、放学时在校门口还能互相见到，上课期间彼此是见不到面的。凡是上这所学校读书的，只要星期日上午去教堂做礼拜，学费就可全免，家境贫寒的子弟有时还能得到一些别的照顾。不过校方并不严格要求每个礼拜天都去，至于是否信教，完全出于自愿，学校绝不勉强，似乎也从未动员过。

天山小学所设立的课程，与非教会学校的“洋学堂”并没有什么大的区别。语文、算术、自然、公民等课程，都是聘请中国教师任课。所不同的是在高小五、六年级多开一门英语课，每周两节。英语课与音乐课一样，都由外国神甫或嬷嬷执教。外国教师的中国话讲得极好，师生间的交流丝毫不成问题。我在这所教会学校里整整读了一年，直到高小毕业。当时我已经十一岁，所以不少事情至今还记得。

教会学校的管理人员极少，除了专职校长与教导主任外，似乎再也没有别的管理人员。校长姓汪，略微矮胖的个子，兼教“公民”课。教师也不是很多，他们除了教课以外，还兼做管理工作，如级主任、办事员等。就是这样，学校的一切工作都井然有序。在我的印象里，校方与教师对学生的要求宽严适度，体罚学生的现象不能说绝对没有，但比起别的“洋学堂”来说，可谓微乎其微。任课教师大多态度平和，两位外国教师尤其彬彬有礼，似乎更加喜欢幼小学生，他们和学生在一起总是有说有笑，平等交流。

我至今不能忘怀的，便是教我们音乐的白神甫，高高的身材，总是穿着一件黑长衫，白皙的脸庞上架着一副眼镜，很有些绅士风度。因为他英语名字的第一个音节是“白”，我们便这么称呼他。他的嗓音特别柔和动听，就是现时一般所说的具有一种磁力，而且很有人情味儿。他教我们唱会了许多歌曲，大多是中国当时流行的，也有一些外国短小的，包括教会乐曲。特别是一九四九年春我们快毕业时，屯溪已经解放，白神甫很快适应当时形势，教我们唱起《你是灯塔》、《解放区的天》、《东方红》等歌曲。可见他思想相当开放，现在想起来似乎还有些不可思议。直到当时人民政府下令要求外国教会人员出境回国，白神甫才在最后一堂音乐课上与我们学生依依惜别，和其他外国人一道，各回各的国家了。

在天山小学读书，还有一件小事也深深地印在我幼小的心灵上。新学年刚开学，校方要求家庭稍微困难的学生，除了星期日，每天早上入学时，都带一个小搪瓷杯来，在上完第一节课后，给这些学生每人发一小杯牛奶和两个小白馒头，我们这些贫寒学生无不欢跃感激。这显然是天主教会的一项小小的慈善举措。后来在批判帝国主义文化侵略时，说是一种"笼络人心"的做法。任何事情都具有两面性。今日看来，教会学校所采取的那项小措施，对正在发育成长的孩子确有好处，不失为教会慈善者的一种人性关怀，其深得学生家长与周围市民之好感也十分自然，因而当时在屯溪很长一段时间产生过不小的积极影响。

不能否认，西方帝国主义者在中国，设教会、建医院、办学校，具有文化侵略、思想渗透的性质。但是在客观上又不能不承认，也给落后的旧中国带来了新的文化艺术与科学技术，这对当时还根深蒂固的封建文化思想无疑是一种很大的冲击。在受宋明理学影响深远而又地处偏僻的屯溪，其冲击力尤为明显。前面所说的启蒙教育"鼎足三立"的奇特格局，当地人在所谓学堂前还冠以"洋"字，西方现代化教会医院与分散在大街小巷的中医的并峙，无声电影与古老京剧的同时展现，明亮的电灯与昏暗的豆油灯的强烈对比，无不是这些方面有力的证明。屯溪这座小山城，可以说是当时中国的西方先进科技与东方传统文明相互碰撞而又相互交融的典型的缩影。

青春涌动的师范生活

自徽师毕业离开母校至今，已经半个多世纪了，然而她的体态、她的性格、她的气质，依然明晰地保留在我的心灵里。在眼下不少中学似乎都在强调素质教育的时候，每每使我回忆起她来。

我原本录取在休宁县立简易师范学校读简师（即初师）一年级，后来由于徽州地区中专学校布局调整，休宁简师合并到黄山脚下之歙县的徽州师范学校，一九五〇年秋开始，我们便转到徽师读简二。当时，徽师设立在歙县的夫子庙里。记得初入学时，母校给我的印象虽说有些古老陈旧，却是体态丰腴，岸然而立。

徽师分简师和中师两部，简师在夫子庙的前半部，中师在其后半部。仅简师二年级就有四个班，二百左右学生，当时还是男女分班，后来听说，由于王世杰校长的开明和胆识，徽师逐渐聚集了二十余位从四面八方来的名师，不过说实话，我当时年幼，尚在简师阶段，对此感受还不怎么深刻，直到进入中师才体会出来，那已是后话了。

我分在简二丙班，班主任是教我们音乐的叶诚老师。叶老师在我们学生眼里，年轻英俊，活力四射，穿着讲究，很有气派。除了正常的课堂教学，他总是和我们学生打成一片，经常组织一些课外文娱活动，把我们班级搞得红红火火。仅在简二年级一年里，就排演过大小三个剧目，其中一个较大的多幕剧名为《秦洛正》，是一出反映土地改革的歌剧。叶老师亲自担任导演，还设计舞台布景，无论是否参加演出，全班同学几乎都动起来了。我们班级涌动的这股青春活跃，与当时全校上下蓬勃的民主气氛，与新中国成立不久的那种生动局面，可谓上下辉映。

开国之初，百废待兴。当时人民政府仍然考虑到，进师范读书的大多是贫寒子弟，因而规定学生全部享受助学金，免交伙食费。即使如此，大部分学生的生活仍很艰苦。为了改善全校师生的伙食，王世杰校长便采取过去老解放区的做法，号召全校师生，利用课余时间，亲自动手，种菜养猪。此项举措深得师生拥护，于是类似“南泥湾”的“大生产运动”，就在空余时间的空闲地边上蓬蓬勃勃地开展起来了。古老的“夫子庙”，一片此起彼伏的锄头声、欢叫声、歌唱声，焕发出一派生机。不到半年，徽师的伙食大为改善，全校上下喜气洋洋，教的更有精神，学的更有劲头。

眨眼工夫，我们就升入简三年级学习了。虽然是中学生，可当时的学生会干部组织能力特强，他们在校方的指导下，独立开展了各种各样的活动，广播站、黑板报、读书活动、文艺演出、清洁卫生、体育比赛，或定期，或随时，紧张而活泼，井然而有序，不仅配合与促进了正常的教学，而且全面地提高了学生的素质。

在这方面，至今体会最深的就是一年一度的演讲比赛。简三年级下学期的春夏之交，学生会举行第二届演讲比赛。我们乙班的胡瑞镜同学是学生会的副主席，他和别的几个要好的同学来动员我报名参加比赛。我也有些跃跃欲试，但苦于没有好的讲稿，瑞镜同学毫不犹豫地拿出他的作文本，让我从中挑选一篇加以改动，以便适合讲演。在他的勉励与帮助下，我终于鼓起勇气报了名，并选了一篇关涉师生思想教育内容的作文，修改了其中不适合讲演的字句。比赛时，由于内容充实，口语流畅，语速适中，姿态得体，结果获得全校第一名。班里很多同学为之欢呼雀跃，令人终生难忘。后来进入中师学习，由于这方面有了点经验，在全校举行的第四届演讲比赛上，我又一次获得全校第一名。毫无疑问，这为我日后留在高校当好教师讲好课奠定了坚实的基础。

青春涌动的母校，就是以如此的性格与气质，“当春乃发”、“润物无声”地哺育着我们这一代。

名师云集的徽州师范

在徽州的旧校址读了两年简师，由于成绩尚可，我便免试于一九五二年直升中师。新学年伊始，母校已迁入歙县城北新址。在简师三年级课外活动时，我们曾参加过新校址的建校劳动，而入学时仍然感到母校焕然一新，坐在明亮宽敞的新教室里，还有一种主人翁的感觉。如果说在简师阶段，哺育我们的是青春涌动的母校，那么迁入新校址的徽师正在转入成熟时期。

王世杰校长当时似乎是徽师唯一的共产党员，由于思想开明，礼贤下士，不拘一格地广揽人才，因而不少省内乃至省外的名师云集徽师，不仅主课如此，副课亦然。这一重大办学举措，使母校生机勃勃，其影响力和知名度陡然上升，也使我们及其前后几届学生受益良多。诸如语文老师胡家祚、鲍弘德的精彩纷呈的课文分析，数理老师葛尚范、周起家、应昌明的简洁严密的逻辑推理，生物老师江植棠对每一种动植物的妙笔彩画，音美老师朱光纯、程文辉、金家骐的游刃有余的高歌美画等等，都在我们学生与校外同行当中交口称赞。在半个多世纪以后，有许多片断依然鲜活地浮现在我的脑际。

进入中师二年级，鲍弘德老师担任我们甲班的班主任，又教我们语文。他出生于徽州名门之家，其父鲍幼文即徽州一带闻名遐迩的老教师。鲍老师年轻时虽然专攻经济金融，但在文史方面家学渊源有自，备课又极其认真，因而几乎每篇课文都讲得十分精彩。记得在讲授鲁迅的杂文《费厄泼赖应该缓行》时，他始终抓住其中“打落水狗”的一个“打”字，结合全文的脉络，阐明作者当时的独到的思想。在分析一篇题为《进军华山》的文艺通讯时，他在黑板上写了一个老大的“追”字，显得特别醒目。还有一篇是前苏联著名作家波列伏依的报告文学《永不掉队》，讲的是卫国战争期间，一名原是大学讲师的老兵在一次追击中掉了队，年轻的军官毫不留情地批评他，命令他立即赶上队伍；战争结束后，这名老兵回到大学担任了副教授，而那位年轻的军官也复员成了那所大学的学生，在学习中遇到困难而有严重的退缩情绪，副教授严肃地批评了他，并以战时军官的口气命令他迎头赶上，继续前进。鲍老师指出，这篇文章结构并不复杂，前半写战时，后半写战后，但始终贯穿一个“永不掉队”的核心，这是由一个中心思想来组织几个片断材料的典型篇章。寥寥数语，言简意赅。这种“画龙点睛”式的教学，对我们日后的阅读与写作极有助益。

在中师的最后一学期，鲍老师还有计划地补充教学内容，为我们讲了一些文学理论小常识，诸如人物形象、典型性格、情节结构、环境描写、顺叙倒叙插叙等等，当时颇觉新鲜。翻开当年的课堂笔记，字迹已旧，感触犹新。

教美术的程文辉老师以擅长油画而闻名，还不时在报纸副刊上发表漫画作品。在课堂上，他从素描、写生、着色等方面训练我们的基本功，既抓有天分的重点学生，又兼顾一般同学的素质培养。不仅如此，他还有意识地指导我们欣赏不少世界名画。其中一次是俄罗斯著名画家列宾的《归来》，一次是油画大师达·芬奇的《最后的晚餐》，程老师告诉我们：前者人物极少，但少而不单调，后者人物众多，但多而不杂乱，其原因就是由于画家讲究画面的布局及人物的组合的结果。像这般地分析引导，不仅是在提高我们欣赏油画的水平，而且对我们智能的开发起着潜移默化的作用。

谁都知道，中学地理课是最枯燥无味的，但地理老师总是想办法把课程讲得生动活泼，结合教材内容穿插一些有关国家或地区的民俗趣事，以调动学生的学习积极性，费时极少，效果却很好。当遇到一些不容易记住的外国名字时，也是风趣地利用谐音来帮助学生记忆，譬如中美洲国家“哥斯达黎加”说成“官司打你家”，海峡“达达尼尔”说成“打打你耳”，而“危地马拉”则联系成语“悬崖勒马”。讲到自然地理时，有几次还利用晴朗的晚自习时间，搬个凳子，点上蜡烛，指点我们观察天空的星座，了解宇宙的秘密。那幅场景，至今仍历历在目。

一九五五年，我们这一届四个班的同学毕业，近半数被分配到重点小学工作，一小部分被选送中学干部进修班学习，另外不到半数被保送去参加高考。后来才知道，我们毕业之后，母校的不少名师相继被调到高等院校去任教，王世杰校长不久也到省教育厅担任处长去了。这自然是当时教育形势发展的需要，但对母校而言，如此集中地“损精兵折良将”，却不能不说是一次巨大的冲击。

理想和激情的畅想曲

东欧转向了，苏联解体了。可是，此前深受苏俄文学艺术影响的大学时代的激情却永远值得怀念，尤其是在奥运圣火正在全中国传递的日子里。

那是在一九五七年十一月，为了纪念前苏联十月革命四十周年，学院领导响应中央号召，动员各个年级自创自演节目举行文艺会演。我们学的是语言文学专业，我们班又是学校中文系的“中坚力量”，理当做出表率，拿出最优秀的剧目来。于是班委会和团支部慎重议定几个文艺创作骨干组成节目创作小组，负责构思、写作、导演与排练，力求内容新颖、形式别致、效果轰动，总之要不同凡响。记得被点名参加这个创作小组的主要成员有王多治、袁晖、宋澄溪、蔡宏淑几位同学，我也忝列其中。

创作小组经过再三讨论与研究，最终决定将献演的剧目定名为“革命激流三部曲”，分别用一幅油画、一篇散文诗和一场歌舞来表现三个历史时期。第一部“苦难的历程”，取材于俄罗斯著名画家列宾所创作的油画《伏尔加河的纤夫》和一首著名歌曲《伏尔加船夫曲》；第二部“革命的风暴”，取材于高尔基的著名散文诗篇《海燕之歌》，以“通俗”芭蕾舞为表演形式；第三部“共产主义之光”，取材于苏联小说里经常描写到的古比雪夫水电站建设的情节，主要表现建设成功后一群建设者的狂欢景象，并以灯光设备为背景来加以衬托。显而易见，其主题分别为：“苦难”——“革命”——“建设”。如此构思，也大体符合中国革命的历程。在近半个世纪以前，由几个才二十岁左右的、非戏剧专业的年青大学生集体创作的这样一个剧情，应当说是极富创意的。

至今对首场献演的情景还记忆犹新：当布幕徐徐拉开，舞台上暗淡的灯光，乐池里沉闷的乐声，一群衣服褴褛的老人与少年，背着沉重的纤绳，拖着艰难的步子，拉着满载货物的帆船，哼着俄罗斯古老而浑厚的民歌，从舞台右边的一角慢慢地移向舞台中央："哎哟嗬，哎哟嗬，齐心合力把纤拉！哎哟嗬，哎哟嗬，拉完一把再拉一把！穿过茂密的白桦林，踏开世界的不平路！……哎——哎，齐心合力把纤拉，对着太阳唱起歌。"

浓密的阴云，土黄的沙滩，低沉的歌声，蹒跚的步履。纤夫们的非人遭遇，通过一群演员的各种细腻的表情与不多的动作，自然而然地表达出来。灯光渐渐由暗转明，从舞台左上方打在演员们的脸上。充满伤感的《船夫曲》刚刚唱完，所有苦难的纤夫正好似乱非乱、松紧有度、斜线一般地站满舞台的对角，而背景上隐隐约约地显现出远处的船只……就在这时，布幕慢慢地合上了。随即台下传来一片鼓掌声，挤在后台的我们心里明白，是那新颖的形式和恢宏的气势征服了所有在场的观众。演员们更有信心了。

随着布幕的再次拉开，伴奏的乐声缓缓而起，背景上乌云滚滚，大有"黑云压城城欲摧"之势。宋澄溪同学低沉浑厚的《海燕之歌》的朗诵声从后台清晰地传到前台，由蔡宏淑同学扮演的"海燕"，随即从舞台一角突然飞出，在密布的乌云中穿来穿去。接着，一只又一只"海燕"跟着飞出，她们展开翅膀，呼叫着，欢快地叫喊着，忽儿聚集，忽儿散开，忽儿如线，忽儿成圆，优美的手势，轻盈的舞步，窈窕的身姿，多变的队形，紧紧地吸引了全场观众。突然，几声炸雷从天而降。舞台上，一群海燕在暴风雨中搏斗；舞台后，浑厚的朗诵声也由低渐高："这是鸟儿们在欢叫：让暴风雨来得更猛烈些吧！"布幕尚未合拢，台下的观众为之震惊而骚动，掌声比上次更加响亮，更加持久……

如果说，第一部是画与歌的有机结合，第二部是诗与舞的密切配合，那么，这第三部便是叙事、舞蹈、情景的三者交融，用以庆祝前苏联多座水电站的建成和人造卫星上天的巨大成就。轻松的叙述，喜悦的心情，欢快的舞步，五彩的灯光，热烈的气氛，感染并震撼着全场的每一个角落。

自然是毫无悬念，我们的《革命激流三部曲》，先是在全校献演比赛中获得了唯一的一个特等奖，后来又在全省大学生会演比赛中获得了特有的一等奖。全校都议论开了，我们年级的同学都为之兴奋不已。大家心里全都十分清楚，是久存的理想和精神激发了我们创作的灵感，是喷射的激情感染了场上所有的观众。

如今回忆起这一情景，当前有些年轻人可能觉得不合时宜，会认为那一套早已过时，前苏联社会的模式早已被抛弃。其实这些人只见其皮毛，并不懂得个中三昧。须知，当时表演的《革命激流三部曲》，不过是那个时代大学生用来表达一种理想的符号，是用来抒发一种激情的载体，是用来传达一种精神的方式。前苏联社会的模式后来就早已不为我们所向往，而大学时代的理想、激情与精神，却依然在我们心中燃烧，一如“五四”运动时代的青年对民主与科学的追求，也如同当代青年志愿者对“奥运”精神的向往与迷恋。《革命激流三部曲》对我们这一代而言，实际上是一部理想和激情的畅想曲！

舌战工宣队

一九六七年春，在时任图书馆馆长盛家兴家的箱子底下抄出了两件东西，一是他在黄埔军校时蒋介石所赠与的“中正剑”，二是他于解放战争锦州战役任少将军长时检阅部队的一张大照片。于是全校轰动，人们纷纷议论，工宣队和多数群众都以为，这一下抓了个大反革命，红卫兵立即把盛家兴关进了牛棚。没两天，他的老伴吓得在家上吊自杀了。

到了一九六九年，各级“革委会”秉承上面的旨意，要给“牛鬼蛇神”落实政策，强调所谓“给出路”。省教院在工、军宣队的领导下，成立了定案中心组，由工宣队队长和军代表分别担任组长与副组长。我作为中文系的教师代表也参加了中心组。到了给盛家兴定案时，会场的气氛明显地严肃起来，一场舌战眼看避免不了了。

一开始照例介绍盛家兴的经历与案情，接着讨论如何定性。有几个工宣队员不约而同地提出：“当然定为现行反革命!”有人表示怀疑，最先发言的工宣队员立即反驳：“有什么不妥？那两个东西就是罪证，他至今还企图变天!”别的几个队员也随声附和：“盛家兴不定为现行反革命，那全教院就没有一个现行的了。”接着七嘴八舌，一时争论不下。

此前，我曾参加过农村“四清”运动，钻研过有关内部文件，对于这方面的政策界线比较了解。经过认真思考，我提出了不同意见：“他过去的表现应当属于历史问题，解放十几年来，一直从事人民政府参事与校图书馆的工作，并没有发现任何新的反革命言行。至于他藏有中正剑和检阅照片，还是属于以往历史上的东西，只是说明他有怀旧的思想与情绪，不能证明就是现行反革命的言行，因为那两样东西都是纪念性的物品，而不是什么作案工具。对于他的定性一定要慎重，不然报到省革委会，就可能显得我们教院没有政策水平。”我特别强调“怀旧”和“政策水平”这两点。这番发言，终于把中心组的两位组长说服了，于是由他们最后拍板，定为“历史反革命”。下一步就是讨论如何“给出路”，即他的生活待遇了。

究竟给盛家兴这样“严重”的历史反革命每月多少生活费，确实是一个颇为棘手的问题。说少了，不符合“给出路”的政策；说多了，又怕被人指责“同情反革命”。发言的人都十分谨慎。这时，工宣队长代表工宣队提出一个方案，“每月发给三十五元”，征求大家意见。除了两三个队员应声以外，会上冷场了很长时间。这是先前所没有的。不少人都把眼光投向我，尤其是校革委会朱主任。我又坐不住了，于是提出：盛家兴上有岳母，下有女儿，一家三口，每人最低生活费十五元，那就是四十五元。也不知为什么，似乎鬼使神差，我又补充了两句：“干脆每月给他五十元整，他烟瘾很大，孬烟还是给他抽一点。”刚说完，工宣队队长立即嘲讽地说：“你这还不够，还得每天给他炒个肉丝、打二两烧酒!”会上有人大笑起来。我也不服气地顶回去：“队长，必要的时候，你说得还不够呢!”这一下把队长惹恼了，呼地站起来，对着我吼叫：“你给我说清楚，什么时候是必要的时候?!”言下之意是我也跟着盛家兴要“变天”了。

我也不甘示弱，但还是平静地说到：“我想提两个问题：我们还要不要统一战线？还要不要和平解放台湾?”队长坐了下来，要我把话说清楚。我理了理头绪，说，盛家兴是黄埔出身的国民党高级将领，情况比较特殊，他本人正是我们党的统战对象；和平解放台湾是既定国策，他在黄埔的老同学有不少现在台湾，有朝一日，有可能要通过他去做那些老同学的工作。我们是否应该把眼光放远一点。说到这里，队长不再追问我“屁股坐在哪一边”了。但是，为了维护工宣队的权威，仍旧坚持原来的意见，按照“发给盛家兴每月生活费三十五元”的标准写了报告，盖上革委会的公章递了上去。

大约过了一个多月，校革委会朱主任兴奋地跑来告诉我，省革委会批示下来了：“暂发给盛家兴每月生活费五十元整。”这真具有戏剧性，不仅批复的数额与我提出的完全一致，而且还加上了“暂发给”的字样。这消息不胫而走，迅速地传遍全校，工宣队的威信也随之大为受挫。

穷困而不潦倒的父亲

就在调入安徽大学前夕的一九七三年八月，有一天，不知怎么心里总感到烦躁不安，说也奇怪，随即就接到电报要我回去看望。次日，等我带着刚满五岁的儿子乘车到达屯溪时，胞弟已经在医院陪护父亲了。我当即留下儿子，跑到屯溪人民医院去探视。当时老人仍在睡觉，弟弟告诉我，父亲老盼着你回来，这下他安心了。我望着父亲消瘦的病容，往昔的几个突出印象便一幕幕地展现在眼前——

从记事起就知道，父亲原先在安徽省地方银行做事。该银行原设在当时的省会安庆，后来抗战爆发，省地方银行便迁移到大后方的屯溪，他也就随银行来到这个繁华的小镇。父亲年轻时，外貌英俊，个性豪爽，在职工中颇有影响，深得行长信任，便擢为行长的事务助理，薪金相当丰厚。他衣着考究，别着钢笔，揣着怀表，看去一点不像初小文化水平的样子。他出手大方，接济职工，购置精美衣物，以此引来几声亲友的赞美。对此，还不时地在我们兄弟面前炫耀过。

父亲的性格有明显的两面性：一面是暴躁，发起火来非常厉害，对母亲与孩子都动过手；一面是心慈，对邻居同事十分关切，遇到伤心事还常流泪，有时甚至为自己的粗暴而悔恨。他虽说在现代化的银行里做事，思想却相当保守，不大相信当时的所谓“洋学堂”，便把我们兄弟送到沙洲街的一所私塾去启蒙。母亲去世后，父亲很长时间都沉浸在悲痛之中。后来才明白，母亲生性十分柔顺，家中无论大小事情，一切都依从父亲，因此他非常怀念这位难得的善良女人，很长很长一段时间，父亲都没有续娶，其间不少人上门做媒，都被他委婉地谢绝了。那段时间里，父亲又要上班，又要照顾我们兄弟俩，十分紧张繁忙。有好几次，我们下午放学回家，作业做完了，父亲到时还没下班，我们肚子饿极了，便趴在桌子上睡着了。父亲见此情景，怆然泪下。大约过了将近两年，经友人一再劝说，父亲终于续了弦。就这样，他还经常在我们兄弟面前说起生母的善良，并且始终把她的遗像挂在墙上，香炉里还插上三支香。

大约是在一九四七年吧，父亲随银行行长出差到上海，不幸被美军吉普车撞断了右腿，虽然当即送进医院治疗，但终究未能痊愈，落得终身残疾。父亲因此被银行裁减回家。说也奇怪，他倒没有发脾气，没有怨天尤人，一面精打细算地使用裁减下来的补贴费，一面变卖家里值钱的衣物，以便摆摊维持生活。我还依稀记得，后母眼见那些比较考究的金银首饰和衣物器皿拿出变卖时，曾不止一次地伤心流泪。父亲却一点也不难过，反过来还劝慰后母："看你真没出息，挣钱就是为了花销，可眼前要顾上吃饭，要保证孩子上学。这些东西算什么，等有了钱还可以再买回来！"就是由于家庭贫寒的缘故吧，一九四八年暑假过后，父亲让我们进了坐落在大桥头的教会学校。

真的，父亲很能随遇而安，不顾往日的"风光"，穿起旧衣服，摆起香烟摊。见到往日的老朋友，他主动跟人家打招呼，一点也不觉得不好意思。有些过去受过他接济的老友，有时为了报答而给予资助，他也是婉言谢绝，说人家有妻儿老小，过日子不容易。更有意思的是，从此他也变得慈祥起来，不时地嘘寒问暖，全家也更为和睦。

一九五五年我考上了大学，父亲喜在心里，乐在脸上，逢人便说。我心里明白，从我读简师起，父亲艰难地维持全家生计，而我是靠着比较优厚的助学金才读完了六年师范。父亲显然认为，这七八年来辛辛苦苦，总算熬到头了，他是把全部希望寄托在我的身上。八月二十九日，我永远也忘不了这一天。几天前，父亲就亲自拿出家里唯一比较像样的皮箱，把它抹得干干净净，亲自替我收拾新买的衣物，亲自为我捆扎好被褥。那天一大清早，吃过早饭，由姐夫挑着行李，父亲戳着手杖，瘸着腿，步履艰难地送我到汽车站。汽车轰隆隆地发动了，随着“的的”几声，车身摇晃了起来，父亲这才拖着疲沓的步子走了。看着他离去而不时回头的身影，我不由得想起朱自清先生所写的《背影》来，此情此景，泪水忍不住滚了下来……

想着想着，父亲醒来了，一见到我就露出笑脸，第一句话是：“小实来了没有?”他特别关注他的长孙。我立即回答，带来了，明天就来见爷爷。第二天吃过早饭，弟弟把两个孩子都带到医院来了。父亲坐在病床上，见到两个孙子，双眼明显地发亮起来，人一下子有了精神。这让我想到“回光返照”的不祥反应来，弟弟心里明白，只是默默地望了望我。

只过了两天，父亲病情突然急转直下，第四天便溘然逝世。看来他是撑着等长子长孙来给他送终的。父亲的遗体很快移到太平间，他生前特讲究干净，我用温热水给父亲擦干净了身子，又和弟弟一道给他换上寿衣。很快料理完毕，便雇人将灵柩抬到事先早已看好的墓地。安葬时，我平生头一次为老父淌下了泪水。

豁达的岳母

岳母姓卢名伯馨，由姓名可以看出她是大户人家出身，是家中长女。我结婚前没见过岳母，只是从妻子那儿看过她的照片与来信。从照片看来，岳母显得大气而睿智；从信函读来，岳母具有文采与内秀。听妻子平时点点滴滴地提起，她博览群书，记性极好，写得一手优美的骈体文，教育子女比较严格。由于是地主分子，一直在家乡受管制。

我们是“文革”第二年的春节结的婚，当年初夏妻子便有孕在身。那时，由于省城造反派与保守派对所谓“一·二六夺权”意见对立，便发生带枪械的“武斗”，而且相当激烈。我们和内兄两家考虑到妻子与未满两岁的内侄的安全，便决定由妻子带着内侄转移到她的庐江县老家去。不料，她俩走了才个把月，内兄就接到电报，说是妻子由于不慎摔跌而流产，已住进医院，要我赶紧去庐江县医院照顾她。我在县医院服侍了一个星期左右，等妻子情况比较稳定时，便商定去乡下老家休养将息。妻子委婉地做我的工作，要我去她娘家有个思想准备，而我却一心想着趁此机会可以亲眼见见这位能在文史方面相互切磋的岳母。

当时，岳母已近古稀之年，岁月的长期折磨使她当年拥有的大气与文采已多半消逝，但是一双大眼和宽阔额头所显露的睿智与宽厚依然给人以深刻的印象。在当时那种政治气候下，她已经不再怎么健谈，但依然有说有笑，邻里乡亲对她十分友善，因为她见多识广，有事还得向她请教。

那年夏天特别炎热，乡下的住宿条件确实艰苦，但开头几天生活毕竟比省城平静一些。尽管如此，“文革”的浪潮依然冲击着农村，乡里的造反派与民兵组织自然没有忘记那些已经被打倒的“阶级敌人”，他们定期把乡里所谓“四类分子”召集起来，头上戴着高帽，胸前挂着牌子，牌子上写着“某某分子某某某”，押着他们游乡示众。岳母虽说已经高龄，走路又不稳当，可依然不能幸免。她从家里动身的那副模样，我没见到，可晚上回来时，我终于亲眼见到了。虽然思想上已有所准备，但当时心情仍然十分复杂，既为亲人的受辱感到心酸，又为我们这个社会的不幸感到悲哀，既为这种践踏人格的举动感到愤懑，又为当时我们这个古老的“文明之邦”的堕落感到惋惜……

是的，在那个非常时期，我们这一代人都无数遍地读过《湖南农民运动考察报告》，里面描写着“农民在乡里造反”，“动不动捉人戴高帽子游乡”的情景，而且还反复背诵过“革命不是请客吃饭，不是做文章，不是绘画绣花，不能……那样温良恭俭让”。然而有良知的人心里也十分清楚，毛泽东《报告》里说的是在土地革命时期，农民为了“把几千年封建地主的特权，打得个落花流水”，而“造成一个空前的农村大革命”，而且明明说“目标是土豪劣绅，不法地主”与“城里的贪官污吏”。如今已经“革”了近二十年的“命”，“土豪劣绅、不法地主”早已被打得“落花流水”，早已是共产党执政，早已是工人农民当家做主，怎么还要不问青红皂白地再来个翻天覆地呢？

岳母拖着疲累的双腿无声地进了草屋，我当时在屋外场地上照顾妻子乘凉，见此情景，便忍着辛酸的泪水连忙跟了进去，帮她取下高帽，摘下牌子，一边倒杯凉开水，一边劝慰了几句。没承想，岳母异常平静，坐下来喝了几口水，却反过来安慰我，说：“兆麟，只要你不感到难堪，我倒没什么。不听说中央不少领导也都这样么，何况我这样的旧人呢？”话语不多，那坦然的语调透露出一个博览群书、曾经沧海的老人的通情与达理，一个懂得历史、经过历练的女人的宽厚与豁达。我想，正是这样的智慧与气度支撑着她，使她在农村那样比别人更为艰难的环境里，没有儿女相伴，孤独而自在地生活了几十年，直到耄耋之年才静静地离开人世。

那个动乱的“十年”早已成为历史，可每当回忆起这件往事，总是免不了百感交集。对于现今曾经历及未曾经历那个动乱年代的人来说，是否应该从中记取些什么教训呢？我想。

极富情性的二姨

在我妻子的娘家长辈当中，最有情性而令人怀念的莫过于她的二姨了。二姨名叫卢馥君，人如其名，在二十世纪三四十年代，她完全称得上是一位既有相貌又有才情的新女性。我见过一张妻子所珍藏的二姨与姨夫年轻时的合影，照片上的二姨简直可以和当时旧上海的任何一位电影明星相媲美：白皙的鹅蛋脸，弯弯的柳叶眉，一双明亮而含笑的大眼睛，一头乌黑而温柔的卷发。与我的岳母相比，这一对亲姊妹是那么明显的不同：姐姐庄重而朴素，妹妹优雅而时髦；她俩都很有文采，不过岳母擅写骈休文，二姨喜作旧诗词。听妻子说过，她外祖父为了所谓“门当户对”，决意把二姨许配给一家当地的富豪，二姨得知那个男人是个抽大烟的纨绔子弟，便不顾“父母之命”，执意拒绝这门亲事，只身逃婚跑到上海谋生。我当时听了，不由得对未见过面的二姨肃然起敬。那种典型的冲出包办婚姻营垒的故事，过去在不少反映二三十年代社会现实的小说里曾经读到过，如今妻子的二姨居然就是那些小说里所描写的女主人公，觉得分外亲切。

一九七六年春末，我身患莫名的疾病，决定去上海求医诊断，在妻子的大姐家住了近三个月。那时，“四人帮”尚未倒台。二姨在一所小学任教，由于家庭问题牵连，社会关系复杂，虽说还不够“牛鬼蛇神”，但也被隔离审查，经常去学习班“学习”，其实是检查交代所谓个人的历史问题。在这期间，大姐也曾带我去二姨家两三次。二姨虽然已是古稀之年，又不能如当年那样穿着打扮，显得有点憔悴，但是当年风貌犹存，活力仍在。只不过在当时那种政治气候下，大家都没有什么好心情。

我第二次去上海是在一九七九年八月底，当时以访问学者的身份在华东师范大学师从著名语言学家史存直先生进修。那短短的一个学期，可以说，不仅是我在专业上获益较多、提高较快的半年，也是我在亲情方面受到熏陶和感染最多的时期。妻子的二姨、大姐两家原来就住在上海，此时，她的二姐全家也因工作调动而由东北本溪迁来上海。因此，一到周末，不是这家邀，就是那家请，使人感到我是世上最“得宠”的人了！其中，走得最勤快的就数二姨家，因为二姨约定要我每隔一周去她家一次，不去就不高兴，如果周末实在抽不出身，也得另外抽一个下午来弥补。只要去她家，一定得留下吃饭，二姨还亲自做两样可口的菜肴，让我品尝。我满口的称赞，她一脸的得意。

当时，我们国家开始进入改革开放而全面“中兴”的新时期，各个方面都显得生机盎然。说也奇怪，年过七十的二姨似乎也青春焕发，极富生活之情趣。记得在华东师大安顿下来以后的第二个周末，我单独第一次去二姨家，聊了不一会儿，她便说：“几年前，你就要看我过去的旧照片，当时没有那份心情。这次我已找出来了，来，让你看个够!”说着便从柜子里捧出一大摞照相簿来，让我一本一本地翻看。其间，二姨还时不时地走过来指指点点，一边陪我观看，一边还解释着什么。我一页一页地仔细品阅着，照片展示了二姨各个时期、各个年龄段的风采，真可谓青春四射，美不胜收。有时：我情不自禁地惊叹照片里二姨的美貌与艳丽，似乎把身边照片的主人也当作旁观者而相与评说。这时的二姨也回到了那年轻的过去，不无得意地眉飞色舞起来，那种率真的性情令人向往。

有一天上午，我听完史先生的两节音韵学课，刚回到宿舍，就有人转告说，你二姨来电话，要你立即去她家，到她家吃午饭。我不知有什么紧要事，即刻放下手中的笔记本，急忙乘公共汽车赶到淮海中路的二姨家。

可能是听见我上楼梯的脚步声，二姨笑着迎了出来："兆麟，你可能有些着急了吧？其实没别的事，就邀你来观赏昙花哟。"说着便拉着我的手，一块儿上她家的阳台："你知道，这种花很容易凋谢，错过时间就可惜了。你不听过以前有首歌怎么唱的？'我的青春小鸟一样不回来'！"

说实在的，当时我听了那句歌词，心里隐隐有一丝悲凉，可是从二姨脸上一点也看不出哀伤的表情，有的只是快乐，只是情趣。阳台上花盆里的几朵昙花正在怒放，拼命地层示她们青春的美景，舒张她们生命的活力，好像知道不久就会失去自身的魅力似的。二姨陪着我赞赏了一会儿，挺认真地对我说："我喜欢昙花的纯美与幽香，而不在意她的凋谢。人只有这样想着生活才有意思。其实，只要心情好，你的'青春小鸟'照样会飞回来！你说呢？"我连连点头称是。年已古稀的二姨的返老还青，为不惑之年的我平添了几分情意和乐趣，因读书、思考而有些疲惫的身心得到了前所未有的轻松，整个下午我都沉浸在一片纯粹的亲情之中。

晚饭过后，像以往几次一样，二姨要我陪伴她到户外散步。她一点也不老态，但仍然要我搀着她，她的一只手则搭着我的肩膀，在她居家后边的复兴路林荫道上缓缓地漫步，夕阳洒在我们的后背上。时间似乎也停顿下来了，二姨很少说话，在默默地享受着那难得的"政通人和"的社会所赋予的安详与宁静。很有意思的是，路上每次遇到她的邻居或同事，头次见面总是把我介绍给他们，说我是她的侄女婿，是大学教师，现在华东师大当访问学者。只要听到对方说"你好有福气啊，连侄女婿都陪着你散步"这一类诚恳的称许，她就心满意足。我深知二姨的心思，是凭借这种亲情来唤回她的青春，来编织她的晚景。这绝对是老人的一种美好无比的心愿与追求。每逢这种场合，在我都把它视为"必修课"一样，予以悉心的配合与保护。

如今，二姨已经仙逝多年，天人永隔，而亲情犹在！仅有的一点遗憾，就是她创作而又亲手抄写的个人诗词集未能得到正式出版，一直保存在我书房里，洋溢着主人的才情和性情。

内兄命运的转折

我与内兄徐宗勉的头一次见面，是在一九六二年夏末秋初一个周末的下午。那时认识我老伴至多两个月，她说她哥哥想见见我。内兄当时在安徽日报社政论组工作。在一间不大的办公室见面时只有他一个人在，可能因为他是编辑，我是教师，既无客套，亦无寒暄。他给我倒了一杯茶便随意地聊起来，聊我们各自的工作和专业，聊当时的种种现实与世态。话题渐渐地转到我和他妹妹的关系上来，他不无严肃地提醒我，跟他的家庭联姻并不是一件容易的事，要我慎重考虑，切不可感情用事。接着他非常冷静地说起他的家庭的政治背景：他的父亲由于有严重的政治历史问题，解放初期就关押进了上海提篮桥监狱，直到现在；他的母亲是地主分子，在乡下一直被管制；他自己虽然在报社工作，可至今还是摘帽右派……

我老伴当初跟我相识时，也曾对我提起她是地主出身，因为我不在意，她就没有她哥哥说得那样具体。当时也不知是为什么，对她哥哥所说的那些我依然没往心里去，只是淡淡地问他，我一向不注意别人的家底出身，为什么要对我说起自己家庭的那么多情况。当时我心里想，要是换一个人，在那种政治气候下是不会那么说的，至少不会说得那么详细。没料想他回答说："我是研究历史的，一向尊重事实，只有将我们家庭的情况和盘托出，才是对你真正负责，也是对我妹妹负责。"他的声音不大，而给人的感觉却是重重的。说实在的，这头一次见面的一番谈话，反而坚定了我跟他妹妹保持恋爱关系的决心。走出报社，我不由得想，以后在我的家族里能有这样一位内兄，也许是一件幸事呢！

内兄成家后的第二年，我作为工作队员下农村参加“四清”运动，一去便是两年多，等我返回学校时已是一九六六年年底，“文化大革命”早已开始，我的未婚妻和妻嫂先后跟她们各自学校的师生一起到北京大串联去了，内兄带着孩子住在合肥九中。也是一个周末，内兄约我去吃晚饭。下午开完会，到九中他家时，饭桌上已经摆好了几个菜，还放了两个小酒杯。内兄拿出一小瓶北京的二锅头，分别斟满了酒，我俩便缓缓地对酌起来。喝到酣畅时，内兄忽然问我：“你知道我是怎么被定为右派的吗?”我没应声，静静地等着他往下说。

原来他很早就在中共中央宣传部跟胡绳副部长当秘书，后来在中央政治研究室做研究工作。一九五六年春夏之交吧，中央召开最高国务会议，内兄跟随胡绳副部长一块去听毛泽东主席作报告。他清清楚楚地记得，毛泽东在讲到“两类不同性质的矛盾”涉及民主问题时，明确无误地说：民主不仅是手段，民主也是目的，譬如我们的目标就是建立一个民主共和国。内兄强调说他当时的笔记就是这样记着的。可是后来，这个报告以《关于正确处理人民内部矛盾的问题》为题而正式发表时，却改成为：“要求抽象的自由、抽象的民主的人们认为民主是目的，而不承认民主是手段。民主这个东西，有时看来似乎是目的，实际上，只是一种手段。”对中国近现代史颇有研究的内兄当时怎么也想不通，民主怎么“只是一种手段”呢？到一九五七年春天中央鼓励大鸣大放期间，内兄就在当时中央政治研究室的党支部讨论会上，把上述想不通的问题提了出来，可后来，他万万没有料到竟因此被定为“右派分子”。

“文革”后不久，内兄先调到芜湖安徽师范大学任学报编辑，后又调来安徽大学学报编辑部，便和我在一个学校，并且同住一座筒子楼，我家在二楼，他家在三楼，经常相聚在一起，时而欢笑，时而争论，其乐融融！

一九七八年春有一天，已经是夜里十点过了，内兄把我们夫妇俩喊到楼上他家里，一坐下，便郑重其事地说，当时任《历史研究》总编辑的黎澍同志到合肥来了，住在江淮旅社，刚才约他见了面，说要借调他到北京《历史研究》编辑部，暂时一个人去，并且可以趁机彻底解决他一九五七年的问题。说完他征求我们的意见，究竟去还是不去？我立即毫不思索地说："这是大好事，为什么不去？先去看看也好。"我老伴也极力赞成他去北京。就这样，过了二十年之后，内兄又回北京工作了。隔了将近一年，除了大女儿留在合肥，全家都搬到了北京，他的历史问题也彻底平了反。我们两家虽然因此而分居异地，但我们夫妇仍然为内兄一家感到高兴，是由衷的高兴。

拜访胡绳

一九七五年“文革”末期，我们安大、师范大学和劳动大学三家中文系的有关专业教师，编写了一部《中国古代文学作品选》，以应当时教学之需要。为了保证这部教材的质量，商定去外地高校访问几位著名学者与教授征求意见，第一站决定去北京。

当时，邓小平同志已经复出，在中央主持工作。我和内兄听说胡绳同志也已恢复工作，内兄徐宗勉曾在他身边当秘书有好多年。我可能是尚未达到“不惑之年”的缘故吧，突然萌生出趁赴京的机会去拜访胡绳，试探替内兄解决一九五七年的所谓“历史遗留”问题。

内兄当年由农村来合肥住我们家，我随即把上述想法告诉了内兄，想听取他的意见。他沉默良久，似乎有些犹豫：“这个问题看来很难，目前政治风云莫测，胡绳究竟是什么态度还不清楚。弄不好，不仅让他为难，甚至还牵连到你也说不定……”我回答说：“这是一次难得的机会。解决这个问题，写信、打报告，都不合适。你可写一封单纯问候的信，当面可以见机行事么，还有什么可担心的!”经过再三斟酌，内兄终于同意，当即交给我一个胡绳原住的详细地址，并带上一斤安徽的特产名茶。

在北京办完正事之后，我便去史家胡同敲开了胡绳家的大门。这是北京那种典型的四合院，清静幽雅，陈设简单。那天是星期日，胡绳同志却仍在机关，接待我的是他的公子，年纪似乎比我略大。他十分客气地引我就座于胡绳平时处理事务的那个厅堂里，引起我注意的是一张偌大的办公桌和一个不小的保险柜。先聊了几句闲话，我便说明来北京的任务已经完成，受内兄徐宗勉的委托，顺便来看望胡绳同志，说着便呈上书信和茶叶。他听说是徐宗勉，态度由客气转为亲切，便让我稍等一会，他去打个电话给家父。电话就在身边，我隐隐约约地听到对方在说："一定要把他留下来……"我明显感受到他们父子俩对内兄的情意依然如初。

十一时许，胡绳同志回来了，高大的身躯，稳健的步伐，亲切的笑容，左手夹着公文包，刚上厅堂，另一只大手就伸了过来。我立即迎了上去，热情地转达了内兄的问候。两人一坐定，胡绳同志就问起内兄的身体、工作与家庭。我一一作答，乘机便说出由于一九五七年的问题，长期以来在他身心两方面所造成的伤害与压力。听到这里，胡绳同志明显地表现出些许内疚，说："你不提我也能想象得到他的境遇。他工作一向认真，又善于独立思考。即便认识上有些偏差，那也是在党内提出讨论，并无政治过错。当时，我想保护他也无能为力，因为我连自身也保不住。只要他目前身体安康、工作正常、家庭稳定，就十分难得，希望他珍重。"我代替内兄感谢他的关心和评价，顺便试探眼下能有什么办法通过省里解决内兄的"历史遗留"问题，用词极为慎重而又委婉。胡绳同志低头沉思了一会，然后非常平静地对我说："你对你内兄的关切，我能理解，也很感动，但现在还不是时候。回头转告徐宗勉，保重身体，为时不会很长了。"

说着说着便到了正午，胡绳同志极力留我吃便饭。无论是餐桌上的菜肴还是饭间的几句交谈，都显示出主人的素朴和随意，没有给人以任何不安之感。饭后稍坐片刻，便以不影响休息为由而告辞。胡绳起身与我亲切地握手告别，并要我转达对内兄赠送土特产的感谢，便招呼他的公子把我送到大门口。

在返程的路上，想起身处党内高位的胡绳所说"连自身也保不住"的话，使我不由得回忆起内兄与我的一番谈话来。那是在一九七〇年，"文化大革命”依然如火如荼。内兄一家已经下放到六安县木厂埠农村。不久，我也跟随省教育学院的教师一道，去六安农机厂接受工农兵“再教育”。有一天轮到我们休整，我突然心血来潮，一大早便骑着一辆借来的旧自行车，到三十里路外木厂埠乡下去看望内兄一家。当时是初夏，到内兄家已是大汗淋漓，内兄和嫂子一见到我，既愕然又兴奋，他们怎么也没想到我会到木厂埠来。那天吃过晚饭，内兄和我悠闲地摇着芭蕉扇，又天南海北地聊了起来，嫂子静静地坐在一边缝补着什么。

那时林彪事件发生不久，社会上正在开展批儒评法，也是热闹非凡。我们的话题自然转到那上面去。内兄看来正在阅读《韩非子》，便问我：“你是教古代汉语的，肯定熟悉《韩非子》，你读这部书有些什么突出的想法?”我老实告诉他，我读《韩非子》主要是把它当语料来看，别的方面考虑得不多，只觉得韩非极力主张大一统和法、术、势，是一个集权主义者。内兄听了，表示赞同，之后又问我：“你知道我的内心感受吗？阅读《韩非子》，我觉得令人毛骨悚然，那简直与德国的法西斯差不多，是封建法西斯！你说呢?”停了一会儿，不等我回答，又稍微仰着头若有所思地说：“时下搞批儒评法，不知上面又有什么动作了……”

那“毛骨悚然”四个字，一个、一个地，深深地烙印在我的心坎里，几十年来总也抹不去。十余年前的“反右”与十余年后的“文革”，就像有一条黑线在无形地联系着。

记得“文革”结束以后，在批判“四人帮”的不少有分量的文章里，就常常见到“封建法西斯主义”这一确切的提法了。

纪念陆宗达先生

陆宗达先生，是从传统小学的学术营垒中走出来，又接受了新时代科学洗礼的一位国学大师，在当代中华学术史上曾经起过承前启后、举足轻重的作用。按照传统的说法，先生可谓饱读经史之鸿儒，桃李满园之太师。他造诣高深，人格高尚，述而少作，提携后学，是学术界的楷模。在陆先生的身上，比较完善地体现了三个“一体”：

旧学与新知融为一体；
理论与实践融为一体；
治学与为人融为一体。

首先，所谓“旧学”即指传统“小学”所包括的文字、音韵、训诂之学，对此，陆先生无不精通。所谓“新知”即指西方传入的现代语言学及其分支学科，对此，陆先生也了然于心。旧学的深厚根底与新知的科学思想，二者交融，完好地体现于他的治学与教学。

我是一九五九年大学毕业就被分配在高等学校任教，开初从事现代汉语语法的教学，两年后由于工作需要而转教古代汉语，这就需要系统地接触古代典籍，其中也结合阅读了一些早期学者所撰写的训诂学概论性质的著作。当时对那些著作总有些许隔阂之感。不久，一九六四年四月二十四日，我购得陆先生撰写的《训诂浅谈》一书，通读一遍，真有新风扑面的感觉。正如陆先生所说，这是一本“小册子”，但是容量很大，用通俗浅显的文字，极其简明扼要地阐明了训诂学的性质、内容和方法、训诂和章句、训诂和表达方式以及怎样学习和运用等问题，书中所举的例子和语料也是经过精心挑选而最为典型的。其中有三处至今仍然印象极深。

一是谈到“章句”时说：“串讲是‘章句’的体例，它也是训诂的一种很好的方式。因为训诂学不仅是注释词义，而且还包括说明句意、分析句法、辨明篇章结构等等，所以我们认为可以把‘章句’看成是训诂的一个方面，把它包括在训诂学里，作为训诂学的一种形式。不过‘章句’的末流，走向了烦琐主义，连篇累牍而不能说明问题。”先生先肯定“章句”是“很好的方式”，再指出其“末流走向了烦琐”。这显然是运用辩证唯物论的新观点来分析“章句”这种体例，言简意赅，令人耳目一新。

二是在谈到“训诂和表达方式”时说：“过去的学者，总认为训诂学的内容，只存在于训诂专书和大批古书的传注当中，而忽略了在古书正文里蕴藏着的许许多多‘实质上’是训诂的宝贵资料。这些资料是以一种特殊的表达方式存在于正文中的，它是正文的有机组成部分，所以不容易被一般人注意。这种用解释词义、阐明语法的训诂办法，不但可以避免在文外加上笺注的支离破碎的毛病，有时还可以起到条目分明、渲染周到的积极作用。”这里明显反映出，陆先生是用一种独特的眼光，从旧文献里挖掘出新材料，因而进一步充实了传统训诂学的内容。

三是在论及“怎样学习和运用”时，除了过去已经涉及的“从字形结构来了解古代的词义”、“根据古训来分析古今词义的变化”、“根据古音来了解语义”、“辨明句读来正确地理解古语”等以外，书中还提出三条：“掌握词义系统来灵活地解释词义”，“通过语言结构的分析来阐明词义和句意”，“根据古代的文化知识来理解语言和词义”。这些是过去的训诂学家所未曾提及的内容，是先生把现代词汇学、语法学以及人类文化学的科学规律融入训诂学，因而把传统训诂学推向了一个崭新的高度。

从这个时候开始，我对古老的训诂学才完全消除了隔阂，才真正地产生了兴趣。在高等学校从事古代汉语的教学中，时不时地运用陆先生的新观点和新方法来讲授文选及“古书的注解”，收效甚大。

其次，陆先生既具有上自“汉学”下至乾嘉“朴学”的传统语言文字之学的理念，又通晓现代普通语言学的科学理论，并把这种理念和理论加以融合而贯穿于他的研究与教学的实践之中。这种体会，不仅是在上述六十年代阅读《训诂浅谈》时就已经产生过，而且在八十年代再一次学习先生的《训诂简论》及《说文解字通论》时更为强烈。读先生的书，如同春风扑面：有极深刻的理论，读来丝毫不感到枯燥；有很典型的材料，读来丝毫不感到厌烦。试读以下几段文字：

> 对于语言的内容来说，无非是包含社会所公认的概括意义和运用者所取的具体含义这两方面；对于语言的单位来说，无非是词、句、段、篇。所以孔颖达说“解释之义尽归于此”。
>
> 《尔雅》曾被称为“训诂学的鼻祖”，其实它不过是汉儒采取传注所作的训诂札记。
>
> 《说文解字》是一部文献语言学的专著。一般人认为它是文字之书，但在开始时，文字和训诂是很难分开的。……用六书的法则来解释字形，又用以形说义的方法来解释字的本义，用“读若”和形声声旁来说明字音。这样，许慎实际上归纳出了把字的形、音、义统一起来进行研究的原则，总结出了训诂学的一个重要方法。
>
> 语言是属于社会现象之列的，词和词义的发展都是和人类的社会生活密切地联系着的。因此，了解一个词的意义和词义的发展变化，不仅要考虑到它的形体和声音，而且还要对与这个词有关的人类社会生活情况有所了解。

以上几个精彩论述的片段足以说明，是先生真正把握了普通语言学理论的精髓，并且用它来驾驭最典型的训诂材料，二者又巧妙地融为一体，运用于教学和研究的实践，又通过准确而轻松的言语表述出来，才使读者接受起来毫不费力。这也为我日后由古代汉语语法学转向训诂学的教学和研究打下了坚实的基础。正是在陆先生与徐复先生等前辈学者的培育下，我的《简明训诂学》于一九八四年出版。我在《后记》里说："在这个意义上，我把这本书看做是植根于训诂学研究会的土壤而结成的一个小小的果子。"

再次，陆先生不仅在治学方面造诣高深而从不渲染，而且在为人方面虚怀若谷而提携后学，既宽厚又严格，颇具长者之风。表面看来，他著述不多，这固然为先生之个性所致，是秉承其老师黄侃先生的气质，对学术著述采取十分严肃的态度，但也是因为先生把整个训诂学学科的发展以及训诂学的教学看得更为重要。

记得一九八一年夏，中国训诂学研究会在武汉举行成立大会，陆先生被选为第一任会长。当年末，在先生的关心下，研究会秘书处就发函至七十所高等院校调查训诂学课程开设情况。考虑到这门课在多数高校为新开课，各校之间又缺少交流的机会，为了提高教学质量，次年六月上旬，研究会就在北京师范大学召开了"全国高校训诂学课讨论会"，到会的老专家及中青年学者共五十余人。在先生的亲自指导下，会上就训诂学课的性质、目的、任务、当前存在的问题、教材建设、师资队伍的成长等问题交换了意见。我有幸应邀参加，第二次目睹先生的风采，聆听先生的教导。先生在开幕词中说：

> 一切事物在它迅速发展的阶段，都会产生一些一时来不及解决的问题，而解决这些问题又是保证进一步发展的前提。训诂学课的教学

> 工作也是这样。在短短的一两年内数十所大学相继开设了这门课程，这是大好事，但同时也就带来一系列亟待解决的问题。比如：各校教学各有短长，但彼此之间缺乏交流；老一辈专家已经逐步退居第二线，他们丰富的学识和经验应该尽快地传给教学战线上的骨干力量中年教师；特别是多数学校并没有老专家，那里的中年教师更需要关怀和帮助。

这一番语重心长的话语，当时真是说到我的心坎里了。接着，先生又指出：

> 训诂学是中国朴学的主要部分，它的特点之一是质朴、扎实。作为一门科学是如此，作为一个学科也应该如此。我们的训诂学教学及其发展必须脚踏实地，稳步提高。今天应邀前来参加会议的同志们不但在辛勤地培育着未来的训诂学工作者和专家，而且在全国训诂学教学的队伍中还是先行官。大家的经验和教训，将为更多的学校和同行所借鉴，是整个训诂学界的财富。

这些谆谆教导，不仅给我们指出了今后努力的方向，而且坚定了我们工作的信心，一定要坚持不懈地为训诂学的普及与提高，为整个传统学术的弘扬与发展而尽心竭力。

由此也可以想见，先生自己必然是把大部分时间和精力投入对弟子的精心培养上。在这里，我们还是转引陆先生早年的弟子王宁教授的两段文字：

> 当认为训诂学是“封建学术”这一说法十分盛行的时候，我们没有受到影响；当许多人讲“训诂学不是学”、“先秦文献语言已没有研

究必要”的时候，我们也没有放弃对训诂学的研究。这正是因为我们在陆先生指导下对这门学科有比较深入地理解的缘故。陆先生对学术地位之类的事一向比较恬淡……但他却有强烈的学术自尊与自信，一丝不苟地教自己的书，发表自己真正弄懂了的学术见解，并以冷静的态度、不带成见地维护自己的师说。

他从不具有自己是“万能语言学家”的那种感觉，即使在自己专门研究的领域里，他也绝不认为自己什么都懂。不论是作文还是发言，他从不菲薄别人而伤害同行与晚辈。对于自己涉猎甚少的领域，他绝不妄加评论而总是采取信任和尊重的态度。

以上两段朴实的话语，完全展现了陆先生的高风亮节。这不仅是王宁个人的体验，也是陆先生亲授的所有弟子们的心声。我们只要稍稍放开视野即可看到，由先生直接培养的一批学生，后来都曾经是或仍然是各个高等院校语言文字学领域的领军人物或教学精英。对社会的这种贡献，比起他自己多出几本著作来不知要大多少倍！

我并不是陆先生亲授的弟子，我为曾经有此机会而终究未成事实而感到遗憾。但是从六十年代中期开始，我就认真地钻研先生的学术研究成果，并且十分注意从章太炎、黄侃先生到陆宗达先生到王宁等当代学者的一脉相承而又有所创新的学术渊源关系。我作为曾经承受过他的学术影响的一名学人，今日缅怀作为一代宗师的陆先生，其心意在于继承中华优秀文化传统，并且弘扬先生身上所体现出来的那种朴实无华、实事求是、诲人不倦、献身社会的高尚情操与人格风范，以便为文化教育事业、为精神文明建设作出更大的贡献。

恩师的风范

去年七月末，我突然接到南京师范大学寄来的一封黑体落款的邮件，还未拆开，就预感到是我所敬重的恩师的噩耗，因为先生毕竟已九十有六，而且三月下旬我应邀去师大文学院作学术报告时，已知其身体大不如前了。果然《讣告》上赫然写着："我国著名的语文文字学家、教育家、南京师范大学文学院教授徐复先生因病医治无效，不幸于二〇〇六年七月二十四日二十一时五十五分在南京去世……"读着读着，止不住两眼噙着泪花，嗓子也有些哽咽起来。

徐复老早年师从国学大师黄侃先生，不久又在章太炎先生主办的国学讲习会学习。先生毕生致力于语言文字学和古典文献学的研究，撰写并出版了一大批闪烁着真知灼见的论著，并担任过《辞海》分科、《汉语大词典》、《广雅诂林》的主编或副主编，即使已届耄耋，还依然笔耕不辍。先生桃李满天下，为国家培养了一大批学有专长的门生后学，以及包括我在内的难以计数的私淑弟子。先生一生学而不厌，诲人不倦，提携后学，胸怀坦荡，充分体现了一代宗师的高风亮节。我不由得想起第一次与徐复老见面时的情景。

一九八一年八月，我和同教研室的余国庆同志一块儿去武汉参加中国训诂学研究会成立大会。在会务组报过到，便打算上三楼去房间休息，刚走到二楼时，一位花白头发戴着老花眼镜的先生从楼上下来，可能是看见我俩胸前别着“安徽大学”的校徽，便轻声问起“你俩哪一位是白先生?”余国庆指着我说“他就是”。老先生便客气地说：“稍事休息，请您到我房间里来一下!”接着交代了他房间的号码。我立即应答：“过会儿一定去拜见先生。”

我好生奇怪。国庆同志毕业于北京师大，来参加成立大会的有不少是他当年研究生班的老师及师兄弟。我则属于“土生土长”，报到时所望见的全是陌生面孔，即便刚才与我说话的那位老先生我也从不认识，怎么突然会问起我呢？老余猜测道：“可能是别人介绍的，请你帮忙搞会务吧。”我说：“这不可能，因为来参加会议的一个也不认识我。”整理好旅行包，洗漱完毕，我即向那位老先生的房间走去，先轻轻地敲了敲房门。来开门的是一位年纪比我稍大的中年教师，见我进去，他便告辞。老先生并无寒暄，先自我介绍道：“我姓徐，单名复，复兴的复，请你来没别的事，就告诉你，你们系把你破格提为副教授的材料寄给了我，要我评审。我看了你的材料，尤其读了你的三篇代表作，觉得很有见地，完全可以破格。当然，无论结果如何，都一定要坚持不懈。据我所知，一般中文系都是重文学轻语言，而语言学科尤其是我们所从事的传统小学，更需要像你们这样年轻而又功底扎实的学者来继承。这也是此次成立全国训诂学研究会的宗旨，希望你再接再厉!”当时我早过不惑之年，平生还是头一次听到这样亲切勉励的话，而且出自一位原不相识的老前辈之口，真是感动得热泪盈眶，一连说了几声“谢谢”，并且表示今后一定要虚心地向老前辈学习，好好地传承我国的传统学术。为了不打扰徐老休息，便起身告退。

徐老在学术界与教育界德高望重。他参与创建了中国训诂学研究会，这次成立大会上便被选为副会长。次年六月上旬，北京师范大学中文系受教育部委托，举办“全国高校训诂学课研讨会”，邀请当时在各高校已经开设训诂学课并携带该课程教学大纲的教师赴京参加会议。接到正式邀请函，我心里非常高兴。除了王力、俞敏几位先生是被请来讲学的以外，正式参加此次研讨会的老中青学者不过二十七人。令人高兴的是，我不仅再一次目睹了徐复先生的风采，并且分在一个小组，徐老还担任组长，可以亲受先生熏炙。

在小组会上，除了讨论与训诂学教学有关的种种问题之外，还就各人带来的教学大纲进行了交流。当三个组的讨论都结束时，每个组需要推荐一两位代表在全体会上发言。徐老与时任研究会秘书长的许嘉璐先生商定，我们这个组提名让我去。我心里清楚，先生分明是在提携后学，让学界同仁都了解我。因此，我在会前做了充分的准备，在大会上表示，今后一定要为训诂学的普及与提高而尽心竭力。发言后反响意外热烈，徐复老十分满意。会后，我的发言稿最终刊登在了《训诂通讯》第二期上。

返校后，由于受到这次研讨会的激励与启迪，教学之余，便按照自己制定的教学大纲编写了训诂学教材。经过两年的使用与再三修订，《简明训诂学》一书终于出版。徐复老还为这本小书写了序言，揄扬有加："余读其《简明训诂学》，博采众家之说，而以简易出之，勇于探索，益以新知，条理粲明，论证致详，可似觇其学识之宏瞻矣。君承师学，实事求是，不拘泥于旧说，故多创新之辞，凡所阐述，缜密严谨，无复剩义，读君书者，自有知之也。"这自然是一代宗师对其私淑弟子的鞭策与厚望。

就在当年的秋天，训诂学研究会在西安举行学术年会。没承想徐复老还在这次年会的大会上，特意向到会的代表们推荐了我的那本小书，说："这是在新时代由中年学者撰写的第一本训诂学著作，尤其值得我们训诂学界高兴。"是的，这是我的第一本著作，是陆宗达、徐复先生等学界前辈的滋养与提携的结果。我在该书《后记》里也特别指出："在这个意义上，我把这本书看做是植根于训诂学研究会的土壤而结成的一个小小的果子。"也正是在老一辈师长的提携下，我在学术上才取得了一定的成就，获得了众多同仁的肯定，因而在西安举行的那次年会上，被选为学会副秘书长兼理事。回忆起所经历的每一步，都渗透着徐复先生等一代宗师教导的心血。

徐复先生虽已仙逝，但他给我们留下的一份丰厚的学术遗产和旷达无私的人格风范，将永远地激励着一代又一代的后学者，始终不渝地为弘扬我国传统学术而尽心竭力。

辑　二

费城生活掠影

自行选书的图书馆

有天下午，孙女秋莎放学回来，儿媳要我陪同她和她的两个孩子一道去社区图书馆还书与借书。我十分乐意，参观一下美国的地方图书馆正符合我的意愿。

社区图书馆离儿子的住家不远，坐落在小镇政府附近，驾车不过四、五分钟就到。图书馆规模不大，范围如同国内一所普通的小学，也没有牌楼式的大门，但设备齐全，整洁舒适。从正门进去，围着一圈柜台，是管理人员工作的地方。以柜台为界，左右两边从前到后都是一排排的书架，每个书架上按照英文字母的顺序，分别摆放着整齐的图书。左边几排是供成年人阅读的，右边几排则是少儿的读物，书架较低矮。柜台的后边如弓状摆开几张长桌，上面间隔放着七八个电脑供读者查询使用。

儿媳叫两个孩子自己去选择要看的图书，他俩飞也似的向右边跑去，管理人员连问都不问一声。孙女在小学读三年级，孙儿还在学前班，这种对幼小的孩子也自由开放的管理方式，使我感到有点儿好奇，于是跟着孙儿和孙女走向右边的少儿部，望着他们各自去寻找所需要的图书。姐弟俩东看看西翻翻，就像蝴蝶儿采花一样。

我也情不自禁的，边走边随手翻阅书架上各色各样的图书。虽不懂英文，但一看就知道，不仅图书的印刷与装潢十分考究漂亮，而且内里文字清晰，插图精美，可谓文图并茂，很适合少年儿童的口味儿。图书新旧都有，新的自不必说，有些书封面已很旧，但依然完好，几乎没有什么破损的。即使偶尔有的书有点儿磨损，也已被馆里的工作人员细心地修补过了。这个细节在我心里也微微地泛起了波浪，幼小的读者和成年的管理员都同样地那么爱护图书，如果没有家庭与学校两方面的良好教育，小读者们是不可能做得那么好的。难怪馆里的工作人员对他们的读者，无论长幼，都是那么的放心，听任他们去自由地挑选自己喜爱的图书。

办理借书的手续十分简便，只要把所借图书的条形码在电脑内各人的名下刷一下即可；至于还书则更简单，只要把图书交给管理员就行了，由她们事后去处理，无需一一查验。我想，这该给读者们节省多少时间与精力啊！

离开时，儿媳边走边告诉我，别看这个社区图书馆不大，藏书似乎不多，但各个图书馆是实行连锁管理，相互交流、互补有无的，因而各社区图书馆的图书也就不断地在更换，除了每个图书馆使用自身的经费定期添加新书之外。这种管理模式，在国内已叫了好几年，可大都依然未能实现，不能不令人遗憾。

存储家具的公司

这次来美国之前，儿子白实在电话里就告诉我们，为了给两个孩子找个好学校，他们已经把家搬到了一个新的社区，靠费城近一些。

来到儿子的新家，当晚只觉得房子比原来的大得多，其格局并无不同。次日清晨醒来，依然感到与过去居住的社区一样，周围一片宁静。再观察房子里的陈设，大大小小的家具也依然如故。心里有些奇怪，因为听白实说过，他们搬家之前，是先把原来住的房子卖掉，在新社区找到住房之前，暂时搬进公寓租住了一段时间，其间约有三四个月。在这期间，他们原来使用的那么一大套家具搁在哪儿呢？如果都搬到公寓，再由公寓搬进新居，岂不十分费事？

后来从儿子那儿得知，原来在美国专门有一种公司，是给准备搬家而还没有找到新居，暂时寄住公寓的家庭存放整套家具的。等客户找到新居之后，再帮你把全部寄存的家具搬过去。其费用按照所存放家具占用空间的大小与所需时间的长短来计算。听儿子说，费用并不高，很是划算。听了之后，我不禁感叹起来，美国社会的管理与服务的确周到，不仅水平高，且具人性化。单就此类公司给存放整套家具这一点来说，首先给客户提供了极大的方便，节省了许多时间和精力；而且为社会节约了很多资源，减少了不必要的浪费，同时也为整个社会的运转增强了效率，避免了许多可能产生的矛盾与摩擦。显然，这一类商业性的服务机构，在很大程度上已经带有公益性的成分，是协调整个社会的不可或缺的因素。

初习水性的婴儿

每逢星期四下午五时许，是孙女秋莎去学习游泳的时间。小秋莎希望我陪同她一块儿去，我毫不犹豫地立即答应，她高兴得蹦了起来。由儿媳驾车，不过五、六分钟就到了游泳馆。她告诉我，家长可以陪同孩子进入游泳池，但只能坐在一边，观看教练指导孩子们的练习。看来小秋莎已经练了一段时间了，她会游自由式、蛙式等四种姿势，最熟练的是自由泳。中间休息时，她从池子里爬出来向我招了招手，我伸出大拇指对着她晃了一晃，她显得有些兴奋。

等她再次下水后，我便把眼光稍稍向池子的四周扫了一圈，右边稍远处的一角，一道亮丽的景象立即吸引了我的目光。只见有十多个年轻的母亲，抱着她们幼小的孩子鱼贯进入游泳池，看上去这些孩童不过五六个月那么大，肯定还没学会走路呢，这些年轻的家长们就让她们的婴儿来熟悉水性了。这不能不叫人称奇。

远远望去，这群由年轻母亲呵护的幼儿来初习水性，也有两个专职女教练在进行指导。多数幼儿两臂的腋下都围着浮圈，有点像成人使用的救生圈；也有少数幼儿是在胸部系上一块大小适中的浮力板，或者在背上系着一个相称的浮力背包。估计这或许是根据幼儿月份的大小或者下水时间的长短而采取不同方式的吧。年轻的家长一个带着一个，按照教练的指点，帮着自己的孩子划动他们的双手，幼儿们的小头向上仰着，双脚在水下自然地摆动，极像在水面上飘动的莲花，因为有十多个联成一小圆圈，其景象十分有趣而可人。真可惜没带上照相机，未能把这迷人的镜头拍下来。为此我遗憾了很长时间。

事后细细琢磨，从孩童开始就让他们进行各方面的体力锻炼与技能训练，早已成为美国各个家庭的教育内容和生活需求，其整体国民素质培养可见一斑。

万圣节与南瓜

刚刚在英国谢菲尔德市女儿家度过万圣节之后回到美国，便立即想起去年在此间儿子家过万圣节的情景。同样是中等城市的近郊，两相对比可谓有天壤之别：前者冷清，虽然也有一些孩子到附近几家讨要糖果，但所在社区上百家只有两三家在门口或窗玻璃上有所表示，要么画个骷髅，要么画个小南瓜；而后者却是一番热闹景象，虽说已经过去了整整一年，但如同在眼前一样。

过了十月中旬，只见美国人几乎家家门前都摆放着或大或小的南瓜，有的一两个，有的三四个，或排开，或垒起；也有几家不用真南瓜，而是用剪画的南瓜来代替。无论是真的还是画的，不少人家还在南瓜上描绘一副龇牙咧嘴、似笑非笑的脸形；个别人家甚至于还挂起一个骷髅人头或一副骷髅全身。我好生奇怪，一打听，原来十月的最后一天是西方的万圣节，或曰“鬼节”。

儿子白实从下午四时许开始，就在装饰正门口：往年早就有准备的充气鼓胀的拱形大彩灯围绕着整个门框，彩灯上部绘有一个鬼头形，两旁腰部与下端各描画一个南瓜；台阶两边各摆着一个小型的南瓜灯，进门处也放着一个画着滑稽相的小南瓜；在门口还准备了一个大盘子，有意思的是这个盘的底面也画有一个小眼睛、大嘴巴的南瓜。

据白实说，当天夜晚或次日早晨，各家都会把钟表的时针往后拨一个小时，因为从万圣节的第二天（星期日）起，美国由夏时制改为冬时制。看来万圣节即意味着夏季的结束，时制的改变与传统的习俗相一致似乎是有来由的。由此联想到，西方的万圣节似乎也有一种阴阳相隔的内涵存在。

既是鬼节，在门口挂起骷髅形体自然是情理之中的事。万圣节虽然已经过去，然而脑际依然留存着一个问号：为何要摆放南瓜，挂起南瓜灯，连用具上都画着各式各样的南瓜呢？这其中必有什么讲究。

据我在国外高校曾执教多年的往昔的学生所提供的资料，说万圣节原是古塞尔特人的节日。在塞尔特语中，节日的本意是夏季的结束，节日从十月三十一日之日落开始到一月一日之日落结束，是为纪念已故的亲人的。他们相信那个夜晚是生死两界之间隔膜最薄的时辰，因为涉及冥界，所以那一天巫女们到处活跃。于是就演绎出了后来的装神弄鬼的种种习俗。其中，节日的风俗之一是在家门口或窗台上点燃上灯，一方面是为了迎接回家的亡魂，给故去的亲人照明，另一方面是为了阻挡有恶意的鬼魂进入家门。当初这种灯是用瓜果之类的外壳做成，里面放上燃着的煤块，后来就改用蜡烛。等到欧洲人特别是爱尔兰人踏上北美大地，发现美洲的南瓜又大又多，简直就是万圣节瓜灯的最好选择。南瓜灯自然就开始用来装点北美的万圣节了。听说南瓜这种东西是西半球的土产，欧洲人在哥伦布之前原本不知道有南瓜，是一个法国探险家把这种东西报告给了欧洲人，他所用的名称翻译成英语就是“pumpkin”。

然而思来想去，总觉得与民族语言文化有些关联。按照过去的习惯，便到儿子家的书架上搬来几部厚厚的汉英或英汉双解词典。原来“Pumpkin”一词，在英文里除了表示“南瓜”一义之外，还有“头、要人、大亨、脑袋瓜”等。“Pumpkin”一词的词根当为“pump”。再查阅该词根，则有“水泵；探求、追问”之义，其俚语有“心”的意思；用它来构成复合词，还有“打气、充实、填补”等意义。再把以上这些连串起来考虑，自然引申含有某种驱恶辟邪，趋利求福、吉祥如意的意思。以上不能保证准确，且可备一说吧。

由此不由得不想到，美国在遭受金融海啸的冲击以后，人们心里一片灰暗，而眼前正出现经济开始复苏的迹象，自然就企盼社会经济赶紧回暖，失业现象能趋缓和，未来的日子能够好过一些。而万圣节的到来，给了人们一个祈祷神灵的极好机会，于是旧有的文化习俗和现时的祈福生机便适时地结合起来，用“南瓜”的深层含义来表达人们心灵深处的愿景，期望自己国家乃至世界范围的经济尽快地好转起来。

美国人的生活情趣

如要说起来美国后一年多的观感，我觉得美国人的生活有三大情趣：一是居家环境，二是锻炼身体，三是参观旅游。后两点不必说，单拿前一点来谈。

我几乎每天都在费城近郊阿杜堡社区内散步，上下午各一次。散步时，比较留意观察这里的居家房舍。其间也到过几个邻居的家里，见过房屋的内部结构。美国中等收入的私人住宅大体一样，木制结构，一座主楼兼一个附设间，屋顶都是两三个“人”字式的间架组合，都有一个耸立的烟囱。主楼于地面上有两层，其下有地下室。室内格局也基本一样，楼上是三四间卧室，楼下是客厅和厨房；客厅正中大多设有壁炉，看去不像是实用的。附设间是车库，车库门或两个，或三个，供两辆汽车停用。地下室一般都是设置锅炉与电器，有些人家还装修一番，以增设两三个房间，其中一间大多用作供孩子玩的游戏室。一般各家屋外都设有小篮球架、蹦蹦床、小滑梯等；考究的还附设游泳池。这种每家一个家园的居家格式，倒是与中国古代的院落相仿佛。

在美国，城乡几无区别，其差异只在于城市有高楼大厦，居民比较集中，住房鳞次栉比，而郊区则大片树林，住家比较疏散，可交通十分方便。各家房舍周围也大体一致，前后都有一片草坪与或大或小的花园，几排树木，几株花丛，树木葱葱，绿草茵茵，花香袅袅，雀鸣声声，抬头蓝天白云，俯首野兔松鼠，供人赏目悦耳，令人心旷神怡。

整理草坪、花园则是美国社会各家都经常要干的活儿。当然，这也给各个家庭增加了劳务与开支。每周的双休日，他们几乎都要抽出半日乃至一天来修剪草坪，整理花园，把这种劳务当作一种体力锻炼甚至一种生活乐趣。不仅如此，他们还要准备一套修整花园的工具与肥料，如剪草机、铁锹、收集废草的大塑料袋儿之类的。不过，有些收入很高而工作特别紧张的家庭也雇专门工人上门来修整的。这就使人想到，高收入与高消费是一致的。

有天晚饭过后，忽然想出去溜达，因为是在傍晚，不便走远，只在所住社区的小圈内漫步。当走到两条汽车路交接处时，见一高个的黑人，在一家门前花园装饰一个小花台。起先我以为他是这家花园的主人，后来见路边停着一辆小型货车，车上还放着几件工具，才推测是那家主人雇来的园艺工人。我不由自主地停下来，见他已经用稍厚一点的五边形小红砖围叠成了一个三四层的底座，在这个底座上，再用稍薄一点的浅红色小砖块垒成两层的小圆圈，其上装点一个由两根细木支撑的像玩具似的小亭子，里面放着一盆怒放的鲜花，艳丽夺目。眼看那位园艺工人已经装饰完毕，可他并未打算离开，而是立起身来，向后退了几步，稍偏着头，左边看看，右边望望，见有还不合适的地方，便上前挪动一下，修整一番。如此反复达两三次之多，直到满意为止。最后似乎还不甘心，他又离得稍稍远一点，眯起双眼，再鉴赏一下自己的创作，终于拍拍手上的尘土，高高兴兴地坐进驾驶室准备离开。临走前，他转过身来才发现我这个旁观者，还给我这个陌生客招了招手。直到这时我才缓过神来，急忙举起右手跷着大拇指向他摇了两摇。夕阳下，我清楚地看到，园艺师在汽车里得意地笑了起来。

在回家的路上，我边走边暗暗思忖，这位美国园艺工人对自己的工作是那样地专心致志而精益求精！这种高度自觉绝非国内一般人所能做到，显然与美国人对家居环境的重视与热爱是分不开的。受其感染，此后我这个老头儿有时也去儿子家门前屋后的草坪上转一转，看见杂草、枯枝有些不协调，便留意将它修整一下，拔去杂草，剪去枯枝，拾掇败叶，再看上去就觉得舒心多了。

社区中小学的课外活动

我的孙女秋莎和孙儿绍天都在阿杜堡小学读书，为了了解美国小学教育的情况，我曾先后两次参加过这个小学单独组织的课外活动，觉得很有情趣，因而留下了深刻的印象。

头一次是一个全校期末联欢会。儿媳带着两个孩子先开车走了，儿子驾车带我和老伴儿后出发。到了校门口，才知道学生家属还要凭证件一一对号，并且给每个人发一个小标志贴在衣服上才让进去，可见校方郑重其事。

这个大型联欢会分室内与室外两部分。在室外，我随着儿子儿媳及两个孩子稍稍转了一大圈，只见活动项目各种各样，大的项目诸如用充气塑料模拟的爬高滑梯、钻洞攀登及击球跳水、捶木棒测试臂力等，小的诸如摸彩、弧圈、投球、飞碟等。不仅有玩的，还有吃的，如棉花糖、爆米花、饮料等等。在室内，我也随意转了一圈，活动项目也不少，大的只有单人投篮一项，其余大多是作画、贴手纹、画脸谱之类。也是有玩的，有吃的。由于活动项目不少，参加的学生及家长又多，显得有些拥挤，不如室外那么宽敞。

从参加这次活动的小学生来看，自然是道地的美国人居多，但其他族裔的也不少，如墨西哥的、印度的、华裔的、非裔的。据我观察，真正的西方孩子显得活跃泼辣，而华裔的就有点拘谨。但总的说来，都比国内的小学生活泼开朗得多，这显然是美国基础教育的成功之处。

第二次是在西方万圣节的前一天，儿媳告诉我们，阿杜堡小学要举行学生化妆表演。下午一时四十分，她驾车带着我和老伴儿往学校去。我们到达时，小学操场周围已经有很多家长站在那儿等着了。两点整，跟看着小学生的化妆队伍走出礼堂，由老师领着，一个跟着一个长蛇阵似的。一看就知道，学前班的孩子走在最前边，接着是一个年级、一个年级地跟着。队伍里的小学生们有各种各样奇形怪状的打扮，有脸上化着妆的，有头戴假面具的，有顶着高高帽子的，有穿着长长袍子的，有两边插着翅膀的，有背后拖着尾巴的。地狱里的妖魔鬼怪、牛鬼蛇神，人世间的男女老少、绅士牛仔，天堂里的童颜鹤发、大小神仙，想象中的卡通形象、漫画人物等等，神话童话里的，现实生活里的，应有尽有地都呈现在众多家长们的面前。其中，天堂里的神童玉女，活泼玲璃，令人喜爱，而地狱里的妖魔鬼怪，青面獠牙，怒目吐舌，确乎令人有些畏惧。

小学生们各色各样的浓妆淡抹，是让他们自己亲身感受到天上地下人间完全打成一片。这在我看来，不仅仅是给孩子们带来更多的喜笑颜开、自由快乐，而且是从小就给他们以品性与勇气的磨炼，不必畏惧那些看来面目狰狞的鬼怪，也无须羡慕那些令人遐想的帝王神仙与王公贵族，因为他们就在我们身边，与他们平时所接触的世人没什么两样，而我们自身却要脚踏实地，通过不断的努力和奋斗来实现自己的愿望。我想，这才是学校于万圣节让小学生盛装表演所隐含的真正的西方文化精神。

另外还有一次，是愚人节的第二天晚上，儿子家所在社区所辖的几所中小学学生乐队，在社区一所中学礼堂举行演奏晚会。此前，孙女秋莎就特地邀我一块儿去看她的小提琴演奏。我虽然口头答应了，但心里确实有些纳闷，我来这儿已很长时间了，只见她拉过一些十分简单的、练习性的几句乐曲，可从来没听她拉过一个完整的曲子，怎么能去上台表演呢？虽然儿媳也曾告诉我，秋莎是参加集体演奏，可我仍然疑惑，即使是集体演奏，也应当是完整的乐曲吧。

那天晚上，秋莎带着她心爱的小提琴，由她的父母和我三人陪同，乘车开往那所中学礼堂。凭着入场券进去，按指定位置找到座位坐定。我当即感到，今晚的这台晚会挺正规的，绝非随意安排。我们坐在前一排。待我向台上望去时，着实有些意外。台上所排定的座位，座位前竖立的曲谱架，放在当中的钢琴以及后面的乐鼓等等，已经显示出其器乐队的规模不小，完全可以和国内省级重点大学的乐队相比，更不要说中学了。

随着时间的推延，入场的人越来越多，偌大的礼堂可谓座无虚席，我连忙背过身来扫视全场才看清，带着孩子来参加演出的都是孩子们的家长，并无其他单纯的观众。可以看出，美国的家长们，无论是父母还是其他亲属，对孩子们今晚的正式表演是多么地重视，绝不亚于去观看某著名乐团的演出。

时钟指向七时十分，先是三年级的小学生每人都提着自带的小提琴排着纵队入场，分作三排站立在舞台前下面的三级台阶上，随着老师的指挥都一一坐下；接着，稍高年级的小学生与中学生各人都拿着中提琴或大提琴也整齐地上台，分别坐在排定好的椅子上；最后，负责击鼓、敲锣的学生从台上两厢走出来站立在规定的位置。我用眼睛搜索着，很快找到了小秋莎，她也看见了我，我用手向她招了一招，她微微地笑了一笑，非常平静。先前似乎人声嘈杂，过了十来分钟，一位负责指挥的女教师手拿指挥棒入场，随着她的动作刷地一下，台上台下的学生全都安静下来。一切都那么齐整有序，不能不令人惊叹。要知道，毕竟还有那么多幼小的学生参加呢，是多么地训练有素啊！

到了七时三十分，在一位社区教育部门的负责人讲话之后，晚会准时开始。第一个节目是由站在舞台前的三年级小学生集体演奏小提琴，随着一位女老师的指挥棒的挥动，乐曲声渐渐响起，虽然曲调简单，却是齐整而不无变化，看着那么多稚嫩的张张脸孔与双双小手，你不能不为那短时的乐曲声所打动。这时，我用心大致计算了一下，台下操小提琴的小学生约有一百六十名，台上扶着中提琴和大提琴的分别有八十名和六十名，稍后边还有摆好姿势的高年级小提琴手以及锣鼓手，大约共有三百四十名左右。这么庞大的学生弦乐乐队，在我是平生第一次见到。

接下来是台上较高年级学生的演奏，其演奏的乐曲自然比先前的要相对复杂一点，演奏水平也相对高出一些。每一个节目刚一结束，包括三年级学生的稚嫩的演奏，台下都立即报以一片热烈的掌声，有时还夹杂着呼啸声，如同粉丝们对着著名影星的精彩表演一样。这是家长们对孩子们表演的赞许和激励，而孩子们自然是深受鼓舞。台上的小演员们每每都和他们的老师一道向台下的观众谢幕，一切都显得那么正规。晚会自始至终一个多小时，热烈、紧凑而几近完美。

走出礼堂，内心未能平静，不禁思绪翩跹。这台经过平时训练和精心安排的演奏晚会，看来是社区和校方组织者向家长们的一次汇报演出，其主旨在于着意倡导一种人人参与的精神，一种集体协作的精神。那么多学生的参与配合、行动协调、演奏和谐，足以证明已经实现了预期的目标。你若能亲眼看一看他们的这次活动是那么地井然有序，就可以想见，美国社会是在照顾孩子们的天性的前提下，按照可接受性原则，循序渐进地培养他们的组织纪律性。

非比寻常的“家园”

在国内，农历春节是亲人团聚的日子，点起大蜡烛，围着八仙桌，一家人热热闹闹，互道新年大吉，充满佳节欢乐。到了国外，最热闹的莫过于圣诞节，华人春节的气氛就给淡化了。然而，今年新春到来之际，我却不由得想起正好一年前附近社区华人的一次非比寻常的聚会。说它“非比寻常”，是因为这样的聚会给人的感觉“不是亲情，胜似亲情”。

去年春节过后一个周末的晚上，我们一家六口应邀到上海人曾先生家聚会，同时受邀的还有曾家邻近的两家。曾先生打电话来要我们早点到达，我就猜想一定会有什么特别的活动。我刚进门，便一眼看见他家客厅里的桌子上放着一把京胡，自不必说，这家的主人是操京胡的老手，他不会放过我了。果然，他喊我快过去唱两段。说句实话，我还是幼年读小学四年级时，曾经跟同居一个屋里的一位京剧票友学唱过几出旧京戏，后来读中学、升大学就没再唱过，工作以后虽然偶尔哼过几句，但从来没有认真对待，有不少唱段连戏词都忘却了。曾先生是有心人，此前聚首时他可能听到我嘴里哼过那么几句，就以为我会京戏，因此这次就要我跟他配合过把京剧瘾；又考虑到我有可能戏词记不完整，这不，他还把一些经典唱段给抄在纸上了，让我无法推辞。

他一坐定，便拿过京胡调好音拉将起来，同时也要我稍稍清清嗓门。他的京胡拉得已达到专业水平，可我四十多年没再唱过，哪里是他的搭档嗄。不得已也就在主人面前献丑了。先来了一段《萧何荐韩信》："我主爷，起义在芒砀，拔剑斩蛇天下扬……也是我主洪福广，一路上得遇陆贾、郦生和张良，一路上秋毫无犯军威壮，我也曾约法定过三章……今日里萧何得良将，但愿得言听计从，重整汉家帮，一同回故乡。"唱得不流畅是不消说的了，但曾先生笑着说："不错，不错，还有些旧京戏的根底和韵味，与如今一般年轻人像唱歌似的毕竟不一样。"在他鼓励下欲罢不能，接着又唱了《甘露寺》与《借东风》两段，由于嗓门放开了，唱得也顺畅些了，另两位客人也不断鼓掌予以捧场。这个难得的场面，至今还历历在目。

热闹过后，四家大小分作两处，其亲切的气氛甚至超过在国内亲戚过节相聚。聚餐之后，四家八个老人随意聊起因到美国而结下的特殊缘分。曾家与谢、康两家邻居曾相互协作，自己动手，掘土打洞，竖起栏杆，填平地面，铺上地板，再加油漆，居然为三家各建成一个不小的阳台。此前，我们曾坐在他们三家的阳台上聊过天，如果不是他们亲口言说，我们还以为是专业木匠所打造的呢。听了之后感触良深，这种事儿在国内城市居民之间，恐怕是想也不会想到的，可远在异国他乡却变成了事实。既非亲戚，亦非同事，原不相识的人们之间反倒更加亲热了。这也许就是一种所谓"华人情结"和"异国家园"之特殊缘分吧。

相比之下，后来的一次聚会又别具情味儿。六月中旬的一个星期天，是西方人经常提起的父亲节。几天前，由我的儿媳发起，联络了社区附近六个有老人的家庭，采取别样的形式来庆贺这个国内难得的节日。于是连我们家在内大人小孩一共三十五六个，于节日的前一天晚上，在费城近郊一家中国自助餐馆聚会，大家一起共同祝贺七位老人的喜庆。

儿媳把大家分为四桌：七位老年父亲坐一个圆桌，是主席；老年母亲一桌，七对中年夫妇围坐一长方桌，孙儿孙女一辈围成一桌。无疑，这样的组合更有利于七个家庭相互认识，彼此交流，更加容易掀起热闹的气氛。果然如此，席间碰杯交盏，红白摇晃，谈笑风生，乐不自禁。那边年幼的孩子们一边吃喝，一边嬉闹，构成了一幅极为生动活泼的画面，令人难以忘怀。

我们这一桌七位老人，原来有在科研单位的，有在大中学校任教的，有长期从事医务工作的，还有从事外贸经营的；年龄最大的将近八十，最小的也靠近六十五了，都是退休以后来美国寓居，但身体健朗，孙儿绕膝。他们过去所从事的工作虽然不同，但都为国家贡献了自己的大半生，有的虽遭受过或大或小的不幸，但都能识大体顾大局而极少怨言。

其中有一对夫妇值得说一说。他们俩一九五六年毕业于西南农学院，同时分配到北京的中国农业科学院，后来都成为研究员。尤其是江朝余先生，对国家至少有两大贡献，实为难得。早在二十世纪六十年代初，正是国内处于生活困难时期，农科院接受了当时中央交给的改良土壤、提高亩产的科研任务。江老曾带领一个科研小组，奔赴河南参加对盐碱地的改造工作。经过多番试验，终于找到了一个简便的改造方案，实施证明效果很好，使得原来亩产两百多斤一下子提高到四百多斤，产量翻了一番，因而得到了当时中央的大力表扬。另一次是上世纪七十年代末期，中央决定在青海建立一座具有国际先进水平的种子库，便派遣一批科研人员先到国外参观学习，江老亦在其列。考察回国后，江老奉命又带领一批农业科研人员，来到青海艰苦的山区，坚持一年多的努力，胜利完成农科院交给的一个重要项目，终于建立起了达到国际一流水平的种子库。江老因此获得了农科院颁给的奖章，并在国家农科院学术刊物上留下了光辉的一页，被称为“农科战线上的一名尖兵”。这两次努力，都得到他夫人的大力支持。聊起往年这些贡献，夫妇俩总也忘不了大家的参与和单位的支持，言语间十分谦和。

类似这样的话题常在席间流淌，老人们都为他人的成就感到兴奋和欣慰。如果没有这样别开生面的聚会，哪来彼此袒露的交流？说来有些奇怪，这种既无亲戚因缘、又非同事关系而临时起兴的聚会，有着一番特殊的情景，在国内不可能有，在海外亦属罕见。然而，的确是远离故国乡土，反而把素不相识的人们之间的距离给拉近了，让人有一种非常奇妙而温馨的体验。

扑朔迷离，真伪难辨

由麒麟电视台播放的二十四集电视连续剧《柳叶刀》，是一部以某市中心医院心外科为背景，各种矛盾纠结、情节跌宕曲折、悬念起伏变幻的故事片。

全剧围绕着医药公司女代表周密在心外科手术时蹊跷死亡，究竟是医疗事故还是属于谋杀而层层展开。死者的同母异父姐姐许曼因怀疑其妹的不正常死亡是被人谋杀，便以实习医生的身份，“卧底”于心外科以查清其真相。一开始，她怀疑与心外科副主任医师顾明道有关，后来被排除转而信任他并取得他的帮助；随即以另一位副主任、主刀医师李肖一大夫为主要怀疑对象；在顾明道帮助下进行调查的过程中，她曾经不由自主地爱上李大夫，但种种不利因素却集中于李肖一，因而疑团越来越大。其后有些迹象虽然也曾使她把怀疑的目光转移到原来的心外科主任、医院的张步高副院长身上，但由于医药公司唯利是图、老奸巨猾的老板与一心图谋扶正的张步高副院长互相勾结、暗地使坏，使得许曼愈加怀疑李肖一，结果由爱生恨，激动之下用水果刀捅伤了李肖一；当受了重伤的李肖一最终说出某些真情之后，许曼十分后悔，在呼救之后，其怀疑目标便一下子集中到张步高身上。随着调查的逐步深入，线索也一条条显露出来，剧情急转直下，其真正的杀人凶手终于浮出水面，原来是张步高院长的妻子、麻醉师刘艳大夫，为了维护家庭的完整和保住丈夫的院长地位而下了毒手。

在许曼查明案情的整个过程中，剧作者展示了医院内外各种各样的矛盾：医院领导层之间的，医院院长与医护人员之间的，医生与医生之间的，医药公司与医院之间的，家庭夫妇之间的，男女情爱之间的。剧中着重表现的是医生与患者之间的种种关系与矛盾，包括正常的与不正常的。由于医药公司老板为谋取巨额利润而出售伪劣药品与医疗器械，促使医院的医疗事故频频发生，增加了医患之间的紧张关系，加之社会上所出现的所谓“医闹团伙”从而加剧了病患者与医生之间的摩擦与冲突，甚至导致流血事件与阴谋案件的发生。这在一定程度上反映了当前社会复杂的现实。

不仅如此，剧作者在展示以上种种矛盾的同时，其犀利的笔端还深深触及各个人物的心灵深处，刻画了他们的不同的个性：陈院长对事业的一贯忠诚与坦荡胸怀；张步高的极端自私、阴暗心理与老谋深算；顾明道对医学事业的专一，对病人的人道主义的深情和为人耿直的个性；李肖一对医疗技术的钻研、对周围人事的正直与为人高傲的品性；许曼对人对事的深情、执著而形成的偏激情绪；刘艳大夫对丈夫的扭曲的爱以及失去理性、工于心计的复仇心理。人物的种种心理和个性使剧情充满了公与私、真与伪、爱与恨、情与理的错综交织，使得该电视剧色彩斑斓。

献身艺术，完美之家

麒麟电视台播放的江苏台“世间”有个节目“父亲的模特是女儿”，说的是四川一位较有名气的画家，以屈原《山鬼》为构思主题，创作了一组女性裸体油画，他以自己的女儿为其模特。当他以这组油画举行展览时，即说明其模特就是自己的女儿，因而在社会上掀起轩然大波，各种媒体尤其是网络对此加以评论，而且各种指责纷至沓来，说其父女炒作者有之，说其违背伦理者有之，说已冲破道德底线者亦有之。

“世间”栏目的记者采访这位画家和他的女儿时，这位画家开始很坦然，后来说到给他女儿带来的伤害时，也忍不住潸然泪下，觉得很对不起自己的女儿，因为大大影响了女儿跟外界的正常交往。然而作为模特的女儿却十分坦然，称自己受了著名女画家潘玉良的影响很大，应当为艺术而献身；再说自己十分了解父亲，不仅为人正派，不会伤害自己，他的功底也很好，不会丑化自己，而且事实上这组油画的形象确实很美。

社会已经进入二十一世纪了，离著名艺术家刘海粟先生当年画裸体模特儿的时代早就过了半个多世纪，可依然有不少国人的观念却还如此陈旧保守，简直不可思议。既然别的女人能做画家的模特，为何自己的女儿就不能做父亲的模特？这跟所谓“炒作”“乱伦”扯得上边么?！这个亲身做模特的女儿还谈到了其中的两三个细节，也特别令人感动：一是决定让她做模特前，郑重征求过她母亲的同意；二是他父亲在作画前先让她摆好姿势，把敏感的部位掩去再进入画室；三是在作画的整个过程中，都有她母亲始终陪伴。

我不知道，那些不分青红皂白就向这一家父女泼污水的世人与媒体，了解了这些情况之后会作何感想，真所谓“清者自清，浊者自浊”也。瞧瞧这一家人，是如此地相互理解，彼此配合，同舟共济，融洽和谐。真是令人感佩之至！为什么呢？毫无疑问，他们都志在高远，是为了艺术的完美而构成的一个真正的艺术之家。

都市人的贴心朋友

我旅居费城已经两年。记得刚来时除了照顾孙儿以外无可事事，喜欢找来中文报纸一一阅读。此间大大小小的华文报纸有八九家，有比较才能鉴别：有的是一副萧杀嘴脸，有的是一副训导面孔，有的硬向你灌输某种倾向性的观点，有的软软地诱导一种宗教情怀，唯独有一家报纸十分贴近生活，教你如何采物购房、如何知法守法、如何理财驾车、如何旅游娱乐、如何治病养生、如何教育孩子、又如何欣赏阅读，总之是指导你如何提高自己的生活质量与生存品位——这就是当初给我留下亲切印象的《海华都市报》。

在我到古稀之年完全退休的前后，尤其是来到美国探亲而过着旅居的日子，不再有教学和研究的负累，便悠闲地写起与学术无关紧要的散文来，随笔、游记、杂感，随着性子游走，从电脑写稿与发稿中取得极大的乐趣。开始时试探着选择三家报纸发去文稿，或登一两篇，或登三四篇，经过比较，投送最多的就是贴近生活、贴近民众的《海华都市报》。其原因不仅在于这份报纸有着一定的生活品位，既没高腔拿调，也不媚俗取宠，而且还在于她讲究版面设计，追求图文并茂，给人以舒心而耐读的享受。

给这样一份报纸发送文稿多了，便有了一种与她神交已久的感觉。我离开中国前两三年曾不时地给一些大、小报纸投过稿，也曾发表过二十多篇，但从来没有上述那种特别的感受。去年元月初，这家报纸要发表我的一篇杂感，为了提高图文并茂的视觉效果，他们居然不惜时间从哪家网站上搜索来我往昔做学术讲演的一幅照片儿，与文章配合刊登在他们报纸上。当取来这期报纸时，我和我的家人看到照片儿都感到惊异，尤其是儿孙一辈十分兴奋。这就是《海华都市报》同仁们一种追求报纸完美的敬业精神！

前不久，作者应邀去费城这家报社与其创办人曹宜谦先生及报社行政主管许芳女士会面。曹先生人如其名，十分谦和而年轻强干，他热情地把我迎进其简陋的会客室，面谈了近两个小时，简要而又如实地介绍了他由做广告转为办报纸、由开始他亲自上门拉客户逐渐变成客户主动上门来找他；并把《海华都市报》打造成当地读者群最旺、商家广告最聚集的报纸，由不到四年前的二十四页增加到如今的一百多页的艰苦创业的历程。由此，我进一层理解了曹先生本人的办报理念以及这份报纸的成长分量。是的，当初做广告是为了求得生存，如今办报纸却是为了求得发展，显然，这发展不单是为自身、为家庭，而且是为客户、为社区、为整个华人乃至亚裔民众谋利益。这种以广告为企业、以办报为事业的理念，无疑是非常值得赞扬的。

因此，在这份贴心的报纸庆贺她四周年来临之际，作为一名读者，为这份报纸的广告客户感到庆幸，有这份报纸为你们做广告，你们的生意会越做越红火！我也为这份报纸所在地区的华人社团与广大市民感到庆幸，有她们为你们当向导，你们的生活会愈来愈滋润！

文末，附旧体诗一首以勉之，副题为“赠《海华都市报》”：

敲击有感

声声敲击行行字，毛发稀疏飘云朵。
问君运筹有几多？斟词酌句眼婆娑。
文章情趣甚可比？蜂飞蝶舞水荡波。
无须世人费猜测，喉头作痒自唱歌。

——手写于元月十二日夜晚

我所了解的净空法师

由于我老伴儿的亲戚关系，我认识了她的本家哥哥、复旦大学的徐业华教授，他曾受其胞兄净空法师的委托，向我所执教的安徽大学先后提供与设立“华藏奖学金”和“孝廉奖学金”，为此在我们的协助下完成了其中必要的文件与程序。此后又通过他认识了法师本人。这次来美国进一步了解了法师的经历。

净空法师本名徐业鸿，系安徽庐江人氏，年轻时即从东方大哲、台湾的方东美先生研习哲学，在学习东方哲学的过程中，对佛学产生了浓厚的兴趣，于是专习佛学。在章嘉大师、李炳甫老居士的指导下，修学佛陀教育达十三年之久。为了更加专心致志地钻研佛毕，终于一九五九年七月出家，法名觉净，字净空。一九六〇年初起，历任佛学讲座讲师、教授、佛教会大专院校佛学讲座总主讲，弘宣大乘教义于台湾地区、香港地区、美国、加拿大、新加坡、马来西亚以及澳大利亚等地，倡导并促进成立“净宗学会”，提倡专修净业，专弘净宗。

法师弘扬佛法有其独特构想，他首倡“佛教”当正名为“佛陀教育”，并强调指出，大乘教学方针在于破除迷信，启发真智，使大众能够明辨真妄、正邪、是非、善恶，利害，树立理智大觉，奋发进取，乐观向上，慈悲济世的人生宇宙观，认为只有如此才能圆满解决众生之一切苦难，从而实现真实永恒之幸福的伟大目标。

法师特别注重教育救国和教育救世，尤其希望东亚各国发菩提心者，同心一德，携手合作，为全人类谋求真正和平幸福繁荣的新时代。他虽然身在海外，却始终心系中华，热爱祖国，拥护国家的和平统一大业。在我看来，这是法师毕生所追求的教化方向和悲世意愿。

净空法师十分关心祖国的文化教育事业，不仅支持国内的佛教界，先后给国内各寺院、佛学院以及居士林等赠送《大藏经》、《佛学大辞典》以及一系列佛书等，而且还以华藏教育基金会的名义，不带任何条件，先后在国内各大、中学校设立“华藏奖学金”与“孝廉奖学金”，受益的学校共有一百一十所之多，用以鼓励青年学生发奋读书，品学兼优，全面发展，将来能为报效祖国、振兴中华做出应有的贡献。此外，还向北京、上海两地图书馆及部分高校赠送大型典籍《四库全书荟要》，激励学人研究并发扬中华文化。这种种善举受到各校师生们的称颂，激励着他们努力继承祖国的优秀文化遗产，弘扬中华民族的优良传统，可谓功德无量。

显然，净空法师不提倡兴修寺庙，不主张焚烧香火，而是从兴办佛学教育入手来振兴中华文化，把佛陀教育作为振兴国家的出路来看待的，也就是说，他把高层次的佛学义理的探讨和一般芸芸众生的佛教信仰结合起来，形成了一个不同凡响的“慈悲为怀”的思想体系和一条独特的“普渡众生”的救世途径，因而在海内外产生了积极而又深远的影响。

有人或许不能理解，净空法师为什么跟一般僧侣不同，走着一条终身致力于佛学教育以弘扬佛法的人生道路呢？我们觉得，这与他出家的思想背景有着密切的关系。如前所说，法师不是因为个人或者家庭遭遇到不幸，为求得个人出路而剃度的，他完全是为研修哲学而对佛学产生了浓厚的兴趣，又进而为钻研佛学而出家，其思想境界自然超出一般佛教界人士而又完全符合整个佛学领域的高层次追求。

说到这里，不能不使人想起各个历史时期中国士大夫当中的某一群，他们深受中国传统文化的熏陶，是富有忧患意识而又十分敏感的社会阶层。

每当社会处于“衰世”或“乱世”之时，总是首先引起他们思想脉搏的骚动，表现为忧心忡忡的精神状态，与此相应的也就要对各种社会思潮和政治主张进行选择，其中皈依佛教即诸多可能的选择之一。佛学不仅在人生价值取向上能够使士大夫产生共鸣，其深层哲理也为他们提供理论依据和精神支撑。不错，整个佛教思想体系的基本倾向当然是离俗出世的，然而中国本土的儒家思想却是主张入世、济世的。深受这两方面影响而又能从理性出发，注重钻研佛学的净空法师，不是把佛教当作个人超越出世的途径，而是把佛理作为救世的出路和方法来对待，这就是十分自然的了。

大凡哲学与宗教之思想体系，有一个必须回答和解决的“终极关怀”的问题。在这个问题上，佛教的侧重点在于如何超越个人生命历程中的生老病死之苦，摆脱虚空而成佛；儒家的侧重点则在于如何在群体生活井然有序的前提下，达到个人与群体的共同和谐，从而实现天下太平的“大同”之理想。比较而言，不同的思想体系在“终极关怀”问题上的差别是相对的，更重要的还有其相同、相通的一面。因为“终极关怀”出自人类的共同本性，必然带有共同的指向。而这种“终极关怀”的共同指向，正是一切思想体系，包括宗教在内之所以能够跨越文化传统，在全球范围内广泛流布传播的基础。

如此说来，净空法师的一切义举，正是对芸芸众生之“终极关怀”的体现。他深深地懂得：人性之所以有共同指向，正是基于人类生存本身的需要和对美好生活的向往，它必然归结为求真、崇善、爱美之高尚目标。若要在“终极关怀”上实现真善美，就必须设计一条“超越”的途径，这正是一切哲学与宗教必须解决和回答的根本性的问题，也是古今中外芸芸众生所期望解答的焦点问题。法师坚信，这种追求必定能够推动和鼓舞社会的发展和人类的进步。正是在这个基本问题上，他为自己设计了一条“普度众生”的“超越之路”。从佛教史的这个意义上来讲，净空法师不愧是一位宗教改革家。

萧乾老人的有益启示

大约是两年前的七月上旬吧，我读到《光明日报·书评周刊》上刊登的一篇题为《萧乾学术道德二三事》的文章，犹如启明星一般，为我指明了行事的方向。

记得该文中提及《尤利西斯》一书有两个译本，一是萧老翻译的，一是金堤翻译的。两个译本的上部几乎同时上市。有人撰文或在正式研讨会上散布，“前八章金堤在台湾先出，萧乾很多地方是抄金堤的”云云。金氏本人也曾在会上含蓄地批评萧老之译本，言辞间不无敌意。当友人转告萧老时，萧老却说：“别去听那些闲话，如果金堤进来，我会拥抱他。”至一九九六年，金堤在天津又组织一个研讨会，有一洋教授在会上散发一份材料，指责萧老，并把这份材料发表在香港《南华早报》上。其炮弹显然来自金堤，说萧乾“参考”了金堤的译作。尽管对方做法过分，萧老依然表示宽容，仅仅说是“不会去拥抱”而已。他写信给好友说，不但自己“不准备应战”，而且“强烈建议《译林》不要去反驳”，并且一再告诫亲友：“《尤》事可以画个句号了。”“两个中译本问题，愚意以搁置为宜。”

显然，萧老是从理性出发，以学术为重，尽管对方是恶意攻击，而萧老所考虑的仍然是大局，是整个的翻译事业和学术进步，是海峡两岸学者的团结与交流，至于个人的荣辱可以在所不计。这是一代充满自信的大文豪的胸襟，一位顶天立地的大丈夫的气魄！

我之所以提起两年前的这篇文章，是因为自己也曾经有过与文中所提及的类似的遭遇。当时，罗织罪名者有之，幸灾乐祸者亦有之。当然，更多的是传送友情而来探视的，出于义愤而打抱不平的。其时，心情极为复杂，委屈、难过、气愤交织在一起。感谢《光明日报》，萧老的处事态度一下子拨开了笼罩在我心田上的阴云，帮助我冷静下来对待这突如其来的伤害。由此猛然想起《孟子》里所说的："故天将降大任于斯人也，必先苦其心志，劳其筋骨，饿其体肤，空乏其身，行拂乱其所为，所以动心忍性，增益其所不能。"我知道，再也没有什么"大任"降到我身上了；然而我明白，只有懂得"忍辱负重"，才能"增益其所不能"！

等事情平静下来之后，有些友人便问起，当时怎么会那么泰然处之，似乎有些不可理解。扪心自问，是萧乾老人的思想境界所引发的几点思考：

首先，如今毕竟不是"文革"时期那种无政府状态，几张大小字报就能给人定性。近二十多年来，我们国家逐步走向"法治"的轨道，依法行政，按章办事，已经逐渐深入人心。善良的人们都已懂得，对于那些不怀好意的"凶猛的话语"，应该永远对言说者的动机保持怀疑，千万不能轻信。

其次，非常的遭遇未必不是一笔可贵的财富，因为它至少可以帮助你识别人性的善良与险恶。这种善恶，只有在非常时期才得以显露出来，平时你是很难看到的。作家王蒙在谈到王小波《论战与道德》一文时曾经指出，有些人只掌握一些粗浅的专业知识，就满以为无所不知，对别人的著作妄加判断，专门去"明辨是非"。这些人不下工夫去做认知判断，却能不费吹灰之力地去做价值判断，别人的著作他并没有真正去读，更说不上去完整领会，就抓住片言只语把它贬得一文不值，或者别有用心地臭骂一顿。王蒙接着强调，这种文风与学风是何等荒唐，与"文革"时期鬼魅们的"明辨是非"并无二致，其刺激性与杀伤力，往往使人背上恶名还无法说话。对此种险恶用心者增长点见识，怎么不是一种精神财富呢？

我最终坚信，时间是无可争议的最伟大的检验家，清者自清，浊者自浊。老子云：“企者不立，跨者不行，自见者不明，自是者不彰……故有道者不处。”非常清楚，这个真理只有“有道”的君子才能懂得。善良的人们总以为，“文革”已经过去整整四十年了，不会再有人“兴风作浪”了。然而不可忘记，产生异常社会心理的根基并没有完全铲除，有些人仍旧喜欢在阴暗角落里窥视着别人，出其不意地践踏对方。对此，我们不可不增强免疫力！

就我们而言，即使受过屈辱，也决不散播仇恨。因为我们期待着人类社会能够多一些和谐，少一些非理性的行为。无论如何，我们也不能丧失让这世界变得更加美好的信心。

一封不同凡响的复信

最近读到钱钟书先生写给他昔日的学生的一封复信，深感触动，感慨良多。

一九八五年，当时已六十余岁的浙江大学中文系任明耀教授返校路过北京，决心去拜访他昔日的老师钱钟书先生，并将新近发表的论文呈上请他指正。钱老指着桌上一大堆中外信件说：“我来信太多，光看信回信就占去了我不少时间。”闲谈一会，任明耀提出要求：“可否见一下钱师母杨绛先生?”钱老当即点头说：“好吧，我进去看她有没有空，得征求她一下意见。”过了一会儿，钱老陪着杨绛先生从内室出来了，杨绛先生虽已年老，但面目清秀，一派学者风范，给他留下深刻的印象。谈了十分钟光景，杨老说道：“我还有事，不多陪了，真对不起。”不久，任明耀便起身告辞。事后，他写了一篇访问记，记述了这次难得的会见，写好以后，就寄呈钱老审阅。因为他知道如未征得钱老的同意，擅自拿出去公开发表，必然会引起他的愤怒。信、稿寄出以后，很快得到钱老的回信。好在这封信篇幅不长，引述于下：

明耀学兄：

承过访，甚感，前日得来信，我倒后悔这次会晤了。我常说：“一捧便俗”，“一吹便伪”；在这一点上，我们一对倔老夫妇和许多人（例如你所熟悉的李先生）的人生观根本不同。我们拒绝中外采访者（包括电视记者）的事例，也许你有所风闻。不肯轻见生客，你这次来，事先约定，还转了李小姐那里的湾。蒙你过爱，要记录印象，但朋友间私人谈话，公之于世，便不是以朋友身份过访，而是以记者身份采访，犯了禁了，以后难再见面了，何况有些失实不妥的地方（我已用铅笔批出），又违反了采访的真实原则。直率陈词，请你见谅。尊稿奉还，即颂

近祉！

写篇访问记本身事情就不大，何况又是早年的师生关系，然而钱老的反应却是那么地认真，书信的措辞又是那么地直率！今日读来，依然令人汗颜。这就是钱先生的个性。很明显，这种个性呈现出钱老的坦荡无比的直率，是常人所无法比拟的；而这种个性还包含着钱老的宽宏无比的气度，这同样是常人所无法企及，也并非俗人所能体会到的。

了解钱先生的人都知道，他为了专心治学采取了三不主义：一不接见访客，二不接见记者采访，三不参加一切会议。据任明耀教授说，那篇访问记开头一句是："我最近访问了蜚声中外的钱钟书先生。"这本来就是写实，而钱老却在"蜚声中外"四字旁边划上了两条杠杠，并批了一句："什么蜚声中外?"其恬淡大度力透纸背。而任本人立即写信向他谢罪，并始终将那篇访问记押在抽斗内。

由此我深深体会到，钱老的直率与其气度是密切相关的：直率是外在的表现，而气度是内在的涵养。只有具备宽宏的气度，才能表现出坦荡的直率。一个气量狭小的人，不可能有那样的直率，有的只是低俗的粗鲁，所谓"君子坦荡荡，小人常戚戚"是也。钱老的人生境界真可谓不同凡响！

我的孙儿尚华

再过半个来月圣诞节前夕，就是孙儿的八周岁生日。我不由得想起去年三月上旬和老伴儿一起来美国探亲，到北京乘飞机时，由儿媳的大哥来接我们去机场。一路上他不止一次地堤到，我们的孙儿非常聪明，记忆力特好，学什么都一学就会。当时并不在意，舅舅夸外甥是常事，何况是在爷爷和奶奶的面前哩。记得孙儿生下来不久，儿子从费城打来电话，要我们给他命名，我当时就给取了个中文名字叫“尚华”，因为他出生在美国，希望他将来仍旧“崇尚中华”的意思。孙儿是年底出生的，儿媳告诉我，去年入学时，因为不足七岁，只能上学前班。来到儿子家没几天，我就开始注意尚华平时的表现。在上中师和大学时，我曾两度学过教育学和心理学，于是动用了过去所学的有关知识来观察孙儿，每天上学和放学，接送他的任务由我全包，平时在家也主动与他接触。为了避免亲缘关系的蒙蔽，我还尽量排除干扰，做到冷眼旁观。就是如此。我也越来越觉得与一般同龄小孩相比，孙儿的确有些异常之处。

最初引起注意的是他的专心，无论是做学校布置的作业或练习，还是玩比较复杂的游戏，他都显得那么聚精会神，长时间地关注眼前或手上的事情，有时还仰起小脑袋在思考着什么。放学回来或者双休日，他与附近两家的美国孩子在一起玩耍时，也是那么专注，甚至一个人长时间地在一边垒石子或拣花草，并不随意与别的孩子一起嬉闹。当然，毕竟还是孩子，有时也跟他姐姐在一起疯闹，但一旦大人提醒，他会慢慢地收敛，与他姐姐有点儿不同。

孙儿的阅读量很大，这一点甚至引起我老伴儿的惊讶。每隔一个星期，儿媳总要抽出时间，带他和他的姐姐到社区图书馆去还书和借书。美国的社区图书馆是允许孩子进去自行选择图书的。头一次我陪同他俩去图书馆时。没想到还在学前班的孙儿居然与他读三年级的姐姐一样，一进图书馆的大门，就飞也似地跑到供少儿查找的书架跟前，像蜜蜂采蜜一样，这个书架挑一本，那个书架选一册。显然他对这个图书馆十分熟悉。每一次他都要带七八册回来，有的还是厚厚的。我特意把尚华翻找来的图书打开过两三本，都是图文并茂、文字多于插图的读物。按照他父母的要求，每一本读过以后，都要或长或短地记下一点什么给他们过目。开始时，我试图用西方言、文一致的特点以及他父母的辅导来解释这种现象；但接触越多就越不能说服自己，两三个月下来，我没见过他父母专门辅导过一次，他们只是有空时稍加点拨一下而已，而且，美国的学校对学前班的孩子也根本不可能上那么多的课。这只能有一个原因，那就是孙儿自身阅读的兴趣和能力，他读书时的专注神态说明了这一点。

尤其令人高兴的，是尚华的某种带幼儿时期特点的创造力，这是在孩童时不怎么常见的。他特别喜欢两样东西：一是飞机与枪械，一是恐龙与鸟兽。他经常用小剪刀和硬纸片剪贴出各种式样的小飞机，或者用各种玩具零件拼搭成飞机与枪械模型，在做这些手工的时候，每每全神贯注，很像个懂事的初中学生，别人再大声喊他，他都一概不理，小手工做成以后，有时就拿自己的杰作给我看，我自然称赞一番，其间也不无喜形于色。他身边有着不少图画画册，有父母给他买的，也有从图书馆借来的，大部分是有关恐龙与各种鸟兽的照片及文字说明。孙儿就仿照那些照片把它临摹下来，或者用硬纸片剪贴成像模像样的形状，从中得到极大的乐趣。

有两次表现让我深有感触。一次是他剪贴了一架有驾驶员驾驶的小飞机，玩得很得意。他妈妈不知喊他做什么事，他没理睬，儿媳气得一把夺过他的小飞机丢在垃圾筒里。等他做完他妈妈要他做的事，返身回来得知小飞机的下落时，立即从垃圾筒里把它捡了回来。谁知他妈妈见状，又把它夺回去撕成碎片，再次丢到垃圾筒里。就在这时，孙儿大哭起来，哭得很伤心。我来到儿子家两个多月，从来也没见他这么大哭过。另一次，他搭建好了一架相当复杂的飞机模型，我不小心把它碰散了一地，他也擦着眼睛里的泪水。还是我向他赔了不是，并好言相劝，要他冷静地再回忆一下，重新把它搭建好，他才慢慢地边想边搭。小小年纪如此珍惜自己的手工成果，确乎难能可贵。

由于受其父母的影响，孙儿对电脑也十分熟悉，这里并非指电脑游戏，而是在他父母的指点下，居然能运用电脑查找他做作业或练习所需要的资料。有一次周末，学前班的老师布置了一项作业，只给他一张照片，上面是一只怪禽，嘴巴像鸭子，但比鸭子的嘴要宽得多，要他自己去查找图书给加上文字说明，一周后交卷。

说它是“怪禽”，因为我从来没见过。刚开始孙儿很来劲，自己到处翻阅身边的图书照片，毫无结果。有点丧气的他不得不求助于父母，儿媳只是提醒他到电脑上去查找，他的热情又来了，好不容易直到第二周的周三傍晚，才从电脑上找到极类似的图像，终于解决了这一难题。这种喜欢钻研不轻易放弃的精神，在他这个年龄可谓少见。

以上对孙儿观察所得的认识，终于得到了印证。今年开春后的一天早上，儿子儿媳穿得整整齐齐，按约定时间驾车去那所小学，当然有什么事情。直到晚上，老伴儿再三问起，白实才开口，说是学校老师经测试，在读一年级的孙儿其智力不一般，要求家长与学校配合，好好加以培养。他们趁便希望校方允许孩子秋季能进入二年级学习，而校方回答说，凭其智力读二年级毫无问题，只是考虑到他与高一个年级同学之间的适应能力。为此，答应让他参加一个每周一次，与一些二三年级同学编在一起的混合班活动，考察一下再说。看来这个学校的教育管理，既有原则性，又讲灵活性。

暑期结束前的一个星期二大清早，儿子和儿媳没吃早饭，手里拿着一个装材料的大信封，匆匆驾车出门，不知有什么事。早上散步回来，听老伴儿说，他们俩到学校是为孙儿跳级的事儿。原来经过各方面的测试，现已得到校方同意，孙儿下半年直升三年级。从教育学的有关原理来说，过于容易的课程，反而有可能使教学对象变得疏懒起来，这自然不利于尚华学习的正常成长。对美国学校的这一合理处置，我做爷爷的心里感到十分的宽慰。我也明白，孙儿也有一些弱点，如好胜心特强、受不得委屈、性格上有些脆弱。这些都不可忽视，我们期望他在成长中能得到磨炼。

西服革履的小外孙

我和老伴儿来美国住了一年多后，决定去英国探视女儿一家，多半是由于我太想念外孙了，在国外出生时还是我给取的名字叫严皓呢。我从来没见过女儿的家是什么样儿，尤其是七年前女儿、女婿带着外孙回国时，外孙才四岁，和我这个爷爷仅仅相处了三天，你说至今怎能不想念，不怕人笑话，这几年来至少有两三次还梦里见着他哩！

四岁的小外孙虽说在我们家只住了三个夜晚，可留给我的点滴印象，至今还历历在目。那是在初夏，每天清晨起床，他父母还在睡觉，我就牵着他的小手下楼，带着他在校园里一块儿散步。他一路上跳着蹦着，问这问那，对一切都感到新鲜好奇。他用不流利的中文对我说，英国的房子都是这样的，说着便用一双小手搭了个人字形凉棚；而中国的房子都是平的，说着伸出小手掌做成个平面形。他说的显然是城市房屋的屋顶，我笑着称赞他说得对。安大校园很开阔，晨练的人很多，有做操的，有跳舞的，有打球的，小外孙走走停停，一双小眼睛不时地望来望去，自然是感到在英国从没见过这样的景象。为了试试他的腿劲，我又带着他攀登教学大楼高高的五层楼梯，他居然不停歇地一直登上第五层，接着又马不停蹄地从五层下到一层，回过头来说，爷爷，你看我！我双手跷起大拇指表扬他，他洋洋得意。

记得是第二天吧，他父母从街上给他买回一幅较为复杂的游戏拼图。

午饭过后，女儿女婿时差还没倒过来，就去午睡了。小外孙要外婆陪他玩拼图游戏。过去没玩过的那副拼图，在外孙手里却能灵活地摆弄成各种地形和图样，老伴儿拼图的速度比不上他，便情不自禁地大声笑着夸奖他。没想到他却立即用右手的小食指贴在嘴唇上边，还“嘘，嘘”地轻声提醒说：“爸爸妈妈在睡觉！”如此小小的年龄，居然还能考虑到大人的休息，这让我们老俩口不禁有些愕然。

这次，女儿女婿把我们接到家，一走下小汽车，外孙早就在门口等着了，见到奶奶就抱着她的双腿亲热着，还忙不迭地招呼我，那场景实在令人心动。因为是八月份，英国学校都放暑假，外孙刚小学毕业，已经考过初中。女儿在路上就告诉我们，严皓不仅考上了英国谢菲尔德市一所贵族式的优秀中学，而且在录取的一百个考生当中，为评奖学金又抽出二十名再考了一次，结果他得了第二名，拿到了高额奖学金。我们一见到外孙，就高兴地向他表示祝贺。我注意到，当时他傻笑着，脸上还流露出一些腼腆的神色。我心里暗自高兴：这小子不错，个子明显长高了，也更加懂事儿了，别人夸奖还知道不好意思呢。

比起美国儿子家，女儿家的房子要显得小巧玲珑，但格局几无二致。两层的楼房坐东朝西：楼下一层当中是走道，左边前后两个客厅，一小一大，右边靠近正门是个小车库，其后是厨房兼小饭厅；楼上一层有四个房间，一个主卧室，一间工作室，两个小卧室。大客厅的东面有个落地的有机玻璃门，能看到外边长方形的草坪，与篮球场差不多大。草坪的西、南两边都有一人多高的“绿色围墙”，是修剪得很整齐的树丛；朝东那边有三株又高又粗的大树，估计有近百年的树龄了，沿树外边是一排木栅栏，与后边一家的庭院相隔开。

整整八月份的假期，我发现严皓独自安排自己的暑假生活相当有条有理，上午大致是做作业和读书，有学校布置的，有家庭安排的，当中休息两次，或拉小提琴，或去后面的草坪舞棍弄棒；下午主要是看课外英文读物，做些每星期六两节课的中文学校留下的练习，四点以后就自由活动。

我们到来之后，他的生活自然有些变化，除了必要时辅导他做些中文练习、点点滴滴地讲一些如何作文的小知识以外，我便陪他一块玩儿。他喜欢球类活动，尤其是踢足球，踢得还不错，脚力比较稳健。他要和我轮流担任攻门与守门，玩得乐不可支，如果他赢了，踢进一球或是挡住一球，便立即躺在青草坪上，格格地笑个不停，还举起双手不断地摇晃。那副模样活像一个足球运动员。有时改换打排球，小外孙便把奶奶也喊来，三个人一块打着玩儿。其间还增添了一项活动，那就是傍晚前由外孙带路在附近社区溜达。开始只是走个小圈，往返半个小时。个把星期后，小圈变成大圈，往返要个把小时，而且不少地方外孙自己过去也从没去过，因为他爸妈没时间陪他走那么远。老伴儿有些纳闷，便问严皓，你怎么知道这路怎么走，又怎么熟悉回家的；原来他事先已经上网查明路线，并记在心里，就好像他以前曾经走过的一样。到没去过的郊外走走，目睹那白云朵朵的蓝空，青草茵茵的郊野，连绵起伏的丘陵，牛羊散落的牧场，时隐时现的村舍，让外孙感受到大自然的无限生机。这种其乐融融的日子，一直持续到他所在学校开学为止。

有件事儿是我不能忘怀的。八月末有天外出散步，小外孙居然向我“挑战”，让我随便说个汉字的某个偏旁，然后他和我每人对答个由此偏旁组成的汉字，不允许重复。开始我心里有些好笑，在英国环境长大、平时又说着英语的小家伙能认识多少中文，怎么能和我这个中文系的教授比赛？于是先说个“木”字旁，他说一个汉字，我对答一个；有时他说两个，我也对答两个；如此十来个回合下来，一共说出了三十来个从“木”旁的汉字。没料到小严皓还不罢休，而我却是“强弩之末”了；但我毕竟是老教授，最终自然是我赢了。接着又说个“水”字边，爷孙两人相互比赛又一共说了三十多个，最终自然也是他输了。外孙儿不仅没有丝毫不高兴，还觉得非常有趣。这让我暗暗有些惊讶。当晚女儿下班回来，小严皓把和爷爷比猜汉字的游戏告诉了他妈妈。女儿笑着对他说，你好傻，爷爷是专教中文的，你怎么能和大教授比赛这个呢！我把实际情况说了，若不是专教中文的，真未必胜得过他呢。女儿对我说，在他房间的书架上有两部字典，一部是厚厚的英文词典，一部是国内出版的《新华字典》，严皓对翻阅字典辞书有着浓厚的兴趣。原来如此！

九月七日，是小外孙上中学的头一天，吃过早点，他妈妈帮他穿好校服，我眼前一亮，一身西服革履，里面穿的是白衬衫，颈项上打着深蓝色领带。好一副小绅士气派，英国贵族式学校就是不一样啊！学校在市中心，女儿家住在近郊。我早就说定，离开之前的这两个月，早上由我送他去车站上公交车，下午也由我在车站接他回家，这是我做外公的专利。当我第一次背起外孙沉甸甸的书包，跟在他后边走出家门的时候，外孙快乐的样子深深地感染着我，让我这七十开外的老头儿觉得似乎自己去上学呢。他呢，穿着一身整整齐齐的校服，走起路来也跟此前一起散步时不一般，有点正儿八经，神气十足，真所谓"佛要金装，人要衣装"。

下午四点才过，我便迫不及待地去公交车站等候了。过了好一会儿，见外孙走下汽车，我立即迎了上去，又背起他的书包，他则把他的小手伸给我，爷孙俩手牵手地一路上边说边走。我便问起他学校里的见闻趣事，他回答时另一只手打着手势，两只脚时而欢快地蹦着跳着，与早上出门时相比显得自然多了。回到家，脱下校服，便从我手里拿回书包，自觉地到他的房间做起作业。那些日子，在完成了部分作业之后，便邀我和他一块儿玩，下围棋，走跳棋，有时在长方形的饭桌上打乒乓球。围棋几乎每次都是他赢我输，他便自以为师、饶有兴趣地来教我。他乒乓球打起来不像是生手，我便问起平时谁陪他练球，外孙说没人陪他打过，他是在自己房间里对着墙壁自己练的。如今有我这个老手陪着他打乒乓，你来我往，示意点拨，严皓自然无比兴奋，发球、接球的技术也逐日提高。

就这样过了一个多月，是十月上旬的一天，女儿陪着我坐火车去伦敦游览，在列车上父女俩自然而然地聊起严皓来。女儿说我们来了以后，儿子的情绪有了不小的变化，前两天还对她说：“妈妈，我好喜欢我的家！”闻听此言，颇有感慨：看来，对于少儿时期的孩子，做长辈的不仅要关注功课，还要营造一个快乐的家园！

夫子为何赞许曾皙

我在当地华文报纸副刊上发表了一篇学术随笔《中华文化的基本格局与核心思想》，不久前，便有两位读者发来电邮向我请教，希望我能答复。《论语·先进》篇曾记述孔夫子与四个弟子一块儿聊天，夫子要他们谈谈各人的志向，子路、冉有、公西华三人先后回答了自己的愿望，或助国君治国，或为礼仪小相；唯独曾皙不同，他站起来说："莫春者，春服既成。冠者五六人，童子六七人，浴乎沂，风乎舞雩，咏而归。"夫子不禁喟然叹曰："吾与点也！"他们的问题是：曾皙所说的志向究竟是什么，夫子为何偏偏赞许他呢？记得几年前，我还在给我的博士生讲解上古经典文献时，他们也曾提出过这个问题。

对此，有过几个现成的答案：一是说曾皙的志愿是要从事教育，这正符合他老师的意愿；二是说曾皙只想将来过那田园式的生活，这适合他老师当时的心情；三是说曾皙描述了未来社会的憧憬，这与夫子对未来的理想正好一致。这三种设想表面看来都不无道理，但认真思索一下即可明白，三种答案并不切合曾皙回答时所说的几个关键词语，也不符合孔夫子一生的抱负与追求。

曾皙答话中至少有三个关键处，即"莫春者"、"浴乎沂"和"风乎舞雩"，这应该引起我们特别的注意，因为它涉及上古社会的礼俗。据《周礼》记载，夏历暮春三月，鲁国人向来有在沂水里沐浴洁身的习俗。这绝非一般的民间习惯，而是上古社会遗留下来的一种具有象征性的礼仪。而“舞雩”原本是上古社会一种向上天求雨伴有舞蹈的祭祀仪式，后来即留下以跳舞求雨的平台。显然，作为向夫子习礼学诗的弟子，当然不会不懂得这些礼俗，只是各人心目中体会和重视的程度不同而已。

谈起孔子的抱负，读过《论语》的人都知道，他身处春秋末期，一心向往西周初期文武之治与周公制礼的理想社会，因此他率领众弟子，不辞劳苦而周游列国，以推行他的政治主张。《论语》一书中，夫子多次提起尧舜和文武，也不止一次地说到周公。《论语·述而》篇记载：“子曰：‘甚矣，吾衰也，吾不复梦见周公！’”这说明夫子年盛时常梦见周公，是“欲行其道也”。可见他对周公制礼时的文武之治的钦仰和向往。曾皙所说正道出夫子内心深处的情怀，所以夫子才“喟然而叹”，对曾皙特别加以赞许。

宗教的演化与自圆

不久以前，看过一部翻译成中文的长篇小说，是澳大利亚一位女作家写的《荆棘鸟》，书名的意思与中国的“杜鹃啼血”相近。这部小说写的是一个庄园主的漂亮女儿和一个社区的天主教英俊神甫两人爱恋并私通的故事。这个情爱故事如果说有什么特别之处，那就是：一，发生在笃信上帝、忠诚教会的神父与有着贵族身份的女子之间；二，他俩私通并有了私生子，对此保持了很长时间以至于终生隐秘；三，神父明知是亵渎了上帝与教会并多次为此忏悔，但依然没有断绝；四，其各级主教得知此事后也明知违背了教规，却仍然装聋作哑，甚至袒护那个神父并照样让他逐级升迁，最终还进入罗马教廷担任了要职。不仅如此，这部小说还描述了以下相关情节：其一，各级天主教会主教升迁的条件之一就是要为教会贡献教徒捐献的大笔资金；其二，教会内部并不光彩的人事关系与纠纷；其三，罗马教廷的教皇以及高级官员所享有的等级森严的奢华生活，其奢华程度绝不亚于世俗社会而且视为当然；其四，教皇及其高级部属为了维护教会的存在以及自身的特权与利益，在二战期间竟然利用其至高无上的尊严和权威，不惜与德国及意大利法西斯头目妥协并进行很不体面甚至阴暗的交易。

这使读者对敬奉上帝的天主教会和表面神圣的罗马教廷，有了不同于以往的认识，即宗教在急剧地世俗化。

对此，你不必感到惊讶。因为任何宗教，无论多么圣洁，它都摆脱不了世俗社会的影响，甚至与世俗社会有着千丝万缕的联系。上帝、佛祖、真主，谁都不能保证或约束他的任何信仰者，不会亵渎他，不会违背他的意志，无论是高层的还是普通的。因为他们毕竟是社会的人，而神灵也是由他们的信徒们创造出来以安慰自身的。不仅如此，而且任何社会及其文化总是演变的，作为社会文化之一的宗教也必然随之演化，因为任何宗教都处于具体的社会历史之中，它需要成千成万现实的、有血有肉的教徒与信仰者来信奉，来供养，否则它就不会存在于现实社会。即使如此，有信仰总是比无信仰要强，宗教毕竟是社会的润滑剂之一。

须知，任何民族的文化总是要扬弃的，宗教也不例外。因此，宗教又都有自疗自圆的能力，都有自我完善的倾向。耶稣有句名言："富人进天国，比骆驼穿过针眼还难。"可见其原有的群众基础是穷人。后来，这种"仇富"的倾向妨碍教会的发展，于是神学家重新解释这句名言，说"针眼"是指一个隧道，商旅以此为捷径，但空间狭小。那时行商以骆驼为运输工具，他们来到洞口，必须让骆驼跪下来，卸掉背上的载负而只身通过。就是说，富人欲进天国，只要谦卑与施舍，仍然可以进去。到了工商业社会，资本家需要自尊心，不甘心自己永远是待罪之身，而现代教会开支浩大，需要他们支持，于是神学家又进一步诠释，说金钱是上帝的，资本家是上帝的管家，他管的钱越多，上帝就越喜欢。他们从《圣经》里找到一条依据：耶稣曾说过一个财主有五个管家的故事。这就化解了"骆驼针眼"说，把有钱人进天国置于优先地位了。用此种新说来解读《荆棘鸟》这部小说的相关情节，那就一通百通了。至于其他宗教之变通就更为"圆融"，弹性极大。经典不能改，解释可以"新"。显而易见，宗教的原始教义与现代教义并不完全一样，它总是围绕着原始教义不断翻新，才能兴盛壮大，生机蓬勃。一旦脱离原始教义，那就会遭到信徒们的质疑了。

如果有谁要问，真理与上帝孰重？拥有宗教情怀并推崇道德自我完善的俄罗斯伟大作家托尔斯泰说过：以上帝为重于真理者，继而必以教会为重于上帝，其结果必以其特别教门为重于教会，最终必以自身为重于其特别教门。再也没有比这番话说得淋漓尽致的了。不是有所谓“杜鹃啼血”吗？其实不是那么回事儿。杜鹃很健壮，也并不很美，自己不知构巢，常把卵下在别的鸟巢里，等别的鸟儿来孵育，一旦孵出而羽毛丰满，即把巢据为己有。知其真相，诗意全消，它原是诗人的自我幻想罢了。

土地之神的中西差异

说起土地神，我就想起小时候在田边路头随处可见的土地庙，里面或只坐着土地公，或是土地公与土地婆老夫妇俩。其庙宇小得不能再小了，因为土地公是个很不起眼的地方小吏。

这次到美国探亲，住的时间比较长，见闻也比较多，才知道西方的土地之神正好与之相反，是位中央大臣。譬如希腊最早的大地女神盖亚，就是所谓万物和众神之母，亦即世界缔造者之一，权限极大。而西方管理农业职务的五谷女神狄梅特，乃是大地女神的分身。至于由希腊和埃及混合文化而产生的土地之神塞拉皮斯，他是地狱主管，与我们所谓的土地神不属于一个档次，且不去说它。

就土地神而言，中西土洋之差异究竟有什么含义，倒是要费一番脑筋去思考的。在我看来，当从文化上来寻找其根由了。

众所周知，中华民族文化思想之一，是“民以食为天，国以农为本”。中国的民众自当对土地的感情可谓根深蒂固，在这方面明显地超过西方各个民族。而要与民众贴近，与土地密切，自然是地方小吏更为合适，这样易于了解民情习俗，更加熟悉土地与农业生产的关系。土地公与土地婆犹如老农和农妇，遍布田间地头情有可原，理所当然。如果是中央大臣，则往往高高在上，脱离民众，说不上对农民和土地有什么了解。就这一点实事求是地来说，三十年实施改革开放政策的结果，中国不但极其重视“三农”问题，解决了十多亿人口的温饱，并朝着建立全面小康社会迈进，而且其中央现行领导展示信心，要与国际社会体系接轨，尝试以现代文明的规范来处理各个方面众多棘手的问题。

然而无可否认，也正是这种根植于农业的地域文化，不可避免地产生了绵延千年的陈规陋习和保守思想。中国的封建专制制度之所以能够延续几千年，直到二十世纪初叶还藕断丝连，显然与上述农业文化和保守思想有着不可分割的联系。深刻理解中国的历史与国情非常重要，许多事情就不能操之过急，不可与西方强求一致。须知，偏见比无知离真理更远。我们应当从中国的实际出发，切实面对由中国传统沿袭而来的现状，理智对待，柔性处理，逐渐地加以影响与促进，平缓地改变目前应当改变的一切。总之，对中国而言，循序渐进才是行之有效的原则和途径。

云朵儿和十字架

云朵儿在天空飘浮不定，美丽多变，留给人无穷的想象。中国古代成语中即有“行云流水、云淡风轻、过眼云烟、云雨巫山、翻云覆雨”等等，都是以云为喻，大多形容变化莫定，逸趣横生。唐代著名诗人王维写有《送别》一诗，其中“但去莫复问，白云无尽时”两句，表达其旷达的情怀，令人击叹。看来云朵儿给人的感觉本是飘逸的，美好的，极有情趣的。然而，最近在浏览了一幅摄影后却打破了先前的那种感觉，在艺术家之手下，飘逸、美好的云朵居然可以变成十分的凝重而恐怖。

一九四二年，芝加哥大学一座废弃足球看台下的临时实验室内，成功地进行了人类第一次可控制的原子分裂反应试验，为后来发展原子弹的计划奠定了基础。一九六四年，为了纪念人类这项“伟大”发现，雕塑家亨利·摩力受委托而创作了一件《核能》的作品，三年后被置于该大学校园内。我见到那幅雕塑的照片时，几乎是惊呆了：照片上的圆顶恰似云朵，底下像是爆炸物，中间也说不清是什么，整个合起来既是再现乌黑翻滚的蘑菇云，又像一个偌大的骷髅，那狰狞可怕的造型显然是给人以毁灭的警示。对这样的云朵，已不存有丝毫欣赏的心情，有的只是一种莫名的憎恶。要知道，我看到的还是一幅照片，而不是雕塑作品本身呢！

无独有偶，十字架的变化恰恰与此相反。说起十字架来，几乎家喻户晓，无论是天主教还是基督教，也无论是教堂外建筑顶上高耸的雕塑，还是教堂内墙壁上悬挂的油画，那耶稣被钉在上面的受苦受难的形象令人久久不能忘怀。远在六十年前，我在屯溪一所教会小学读书时，曾经作过礼拜，多次见到教堂内正面墙上的大型油画，那巨大的十字架，耶稣头上的荆棘，手脚上钉子的痕迹，那高大刑具的冷酷和耶稣甘于受罪的面容，都在我幼小的心灵里留下了不可磨灭的印象。无须说，它给人的感受是严酷的、残忍的。直到后来上了大学，才知道那是十七世纪画家维拉斯盖茨的经典画作。西方陵园内或墓碑上的十字架，也给人以悲痛与哀伤的感觉。然而，就是这冷酷的、哀伤的十字架，如今却能化为小巧的、玲珑可爱的、佩戴在颈项或手腕上的装饰品。显而易见，这里不再有丝毫信仰、崇敬、哀悼的成分，而只有欣赏把玩的意味儿。

当然，云朵儿和十字架的演变一反一正，说怪也不怪。其实，世上的万事万物被历史的车轮碾碎了原来的样式，不知有多少呢。古代奴隶们颈项上的锁链残留演变为后来的项链，其手铐和脚镣之残留演变为如今的手链与脚链，昔日的耻辱化为今日的装饰，并因其价值之高而引为炫耀和自豪。虽说是时代变迁使然，但细细想起来并非毫无心酸与悲哀之处。纯粹从变化的角度来看，我们老祖宗经典里就有这样的总结和启迪。《易经》曰："与日偕行"；《老子》云："物极必反"。以上所说的正反演变，不过真切而艺术地反映了两条自然规律：一是任何事物都无不变化而含有两重性；一是任何事物到了尽头都必然走向反面。

异国“独处”，别有洞天

孔子云：“三十而立，四十而不惑，五十而知天命，六十而耳顺。”就我个人来说，还真有点贴切。“而立”之年，与妻室相伴；“四十”之年，以教学为乐；“五十”而后，著述是“天命”；“六十”知趣，唯专业是从；直至“古稀”，全身而退休。也就在此时，想起在美国的儿子一家，想起在英国的女儿三口，于是和老妻结伴旅居费城，其间又探视谢菲尔德的女儿，与儿孙相处，所谓享受天伦之乐也。

去年十月刚过，老伴儿亦年近七十，想家了，便只身回到国内，过着如她所说的“自由自在的生活”。于是在费城儿子家，我只身单室，一人读书，一人写作，与自己聊天，与影子散步，在孩子为我安排的居室兼书房里，过着完完全全“独处”的日子。居室的白色房门向北，两扇玻璃窗户朝南，窗户右边墙上挂着一帧全家福的彩色照片；房子正中两张单人床东西朝向，两床之间有一小床头桌；西边靠墙摆一张长长的写字台，右半放着一台电脑，左首是个带抽屉的柜子，上面有座维纳斯石膏雕塑，小型的、纯白的；她美丽的双眼温柔地望着写字台前的大靠背椅，转动的、乌黑的。整个房间敞亮透明、生动舒适。

或许会问，以往莫非没有独自居处过？当然有过，老伴先后三次分别去日本、英国、美国探亲，一走三个月，但那时在校园里，不断有同事、学生、朋友，或路上招呼，或课堂交流，或家里聊天，根本就没有“独处”

的感觉。这在异国他乡，家人上班的上班，上学的上学，无同事招呼，无师生交流，单独出门无车，独自在家无友，那才是真正的、绝对的“独居”呢！

至老而又身心健全，你才体会到，“独处”是一种特有的享受。独处，有身之独处，有心之独处。真正做到了身之独处，自然也就实现了心之独处。白昼，倚着阳台的栏杆，片片云朵变着花样，只只鸟儿唤着同伴；黑夜，立在窗户的旁边，月儿弯着勾儿，繁星闪着光亮。身之空间有多大，心之空间就会成倍扩展。想想看，独自读书、独自看报、独自沉思、独自写作，居室之内就是独自一人的绝妙世界，钟表之行就是独自一人的绝妙时光。此身此时，怎么不会真正感到，异国独处是个前所未有而耐人寻味的机缘呢？下面不妨抄一段最近一天的日记：

> 昨日晴了一天，后半夜又下起了小雪。早上七时未到，先自下楼准备早餐。上班的和上学的都还没起床，看来上班的在家上班了，上学的不再上学了。独自用过早餐，便出门去铲雪，手掌厚的一层白雪很松软，未经汽车压过与行人走过，铲起来很便当，不消多长时间，单个儿就清理出两条道：一条从车库通向公路的汽车道，宽宽的、乌黑的；一条由正门斜向车库的人行道，窄窄的、奶黄的。气温不是很低，不觉得怎么寒冷，只身回得家来全身舒爽。坐下来独自阅读刚拿到的中文报纸。农历除夕的前一天就这样地开始了。

你已经读出了个中那份独处的惬意吧。唯有独处，你才有机会冷静地看待自己和思考自身；唯有独处，你才可能客观地看待周围和考察世界。因为这样的独处，没有任何其他感知与褒贬的纷扰，有的只是身心绝对的清净与超脱的自由，就如同你身处深山幽林令人陶醉一般。是的，唯有此时，本属于自己的大脑方才展开双翅作“逍遥之游”：想起哲学家的理论、文学家的浪漫、科学家的实用、宗教家的福音；想着儒家的仁爱大同、道家的清静无为、释家的悲悯出世。从其终极目标来说，无不是为了播种理性，消除成见，启发良心，点燃希望，广布同情，引导信仰。

孟子曾经提出疑问："独乐乐，与人乐乐，孰乐?"哪一种快乐呢？其实并无一定答案，应当说各有各的乐趣，前者是幽静闲适之乐，后者是聚首喧嚣之乐，其感受是截然不同的。或许有人会质疑，难道"独处"只有乐趣而无苦闷？当然有，但那是无事打扰而独自思考的苦闷，那是无人干预而独自写作的苦闷。一旦有了此种苦闷，你可以独个儿外出散步：眼前日出日落，彩云变幻，丘陵起伏，树影婆娑。深秋，仰望红枫，俯瞰绿坪；寒冬，远视银蛇，近观蜡象。枝头鸟儿飞翔，草丛野兔奔突。这大千世界的诗情画意，岂不一下子化解了独处人的苦闷？回到家来，心情愉悦，头脑放松，思考有了出路，写作有了线索，苦闷过后的悠闲是成倍的增长。你说乐也不乐？

提到苦闷，独处时会想起各种各样的苦闷：有哲人的，也有世俗的；有清醒的，也有糊涂的。因为各自追求的目标不同：有精神的，也有物质的；有崇高的，也有卑微的。作为近世中华之"民族魂"的鲁迅先生，就曾经苦闷过，其惊世骇俗之小说《狂人日记》里的"救救孩子!"，即是他苦闷时期的呐喊，也正是这种崇高的"苦闷"，才造就了这样一位最具深刻思想、最有文人气质、最能代表中国富有生命的传统文化的思想家。不久前，我又读到两位伟人有关自身追求的苦闷。一是英国哲学家罗素，他在《罗素自传》的前言里讲到："支配我的一生的，是三种单纯而炽热的激情：对爱情的渴望，对知识的追求，以及对人类苦难难以言喻的同情。这些激情，一如阵阵巨风，吹拂在我动荡不定的生涯中，有时甚至吹过深沉痛苦的海洋，直抵绝望的边缘。"一是俄罗斯文学家陀思妥耶夫斯基，他在《圣洁的灵魂》一书里写到："我需要一点东西，但我找不到，我不知道那是什么。"

同样是伟人，也有着两种截然不同的追求心态：一种是非常迷茫，是卓越文学家的心态；一种则十分明确，是非凡哲学家的心态。但是，无论是哪一种，在他们追求的过程中，几乎都沉浸在苦痛甚至绝望之中。显然，他们的追求都是精神领域的，一种为崇高理想而执著的追求。然而，正是在不断独自探求的需要中，他们都深深体验到了某种艰辛和苦涩，因而造就出闪耀理性光辉、撼动人们心灵的作品和思想。

“独处”时所想到的那些历史巨人，仅以“见贤思齐”自勉耳。还是孔夫子说得好，“七十从欲而不逾矩”。正是在古稀之后、独处之时而“从心所欲”，才又写下了几十篇杂感、随笔、短评和游记，满怀热情地回顾父母之邦，异常冷静地期盼异国风情，其中也不乏对生命的苦苦思索，对社会的深深反思。而这，竟是我独居一室之最大的收获。独处而不感到孤独，这是一种情趣，也是一种境界。谢谢上天安排这样的“独处”，赋予我这些许的灵感！

辑　三

大赌城，西方的特异文化

从费城机场起飞，再经亚特兰大机场转机，九小时后抵达如雷贯耳的拉斯维加斯，手表指针已指向十二点，而当地时间是晚上九时。飞机在其上空盘旋降落时，通过机舱窗口向外俯视，只见下方是一片灯光的海洋，是我过去从未见过的夜晚之辉煌景观，其气象恢宏不愧为号称“世界第一赌城”。

我们乘坐机场的小火车到出口处，再由免费的公交车把我们送往专门出租小汽车的一家公司，是白实在家事先于网上联系好的。办完手续，已是当地时间十一点左右。白实租了一辆吉普车，随即开车前往也是事先联系好的一家宾馆。真没料到，这么晚了，一路上堵车比想象的还要严重，汽车如老牛队，游客如缓水流，人流熙熙攘攘，汽车开开停停，坐车比步行还慢得多，从租车公司到达宾馆，平时不过一刻钟左右的路程，几乎开了一个小时。

这家名为“白丽丝”的，实际上是一家比较大的配套齐全的赌场，设有高级旅馆和免费存车的五层车库楼，白实驾车盘旋而上，好不容易才找到车位，存好吉普，再乘电梯下楼到一层。到宾馆房间须通过赌场通道，我们又见到赌场内那一片繁忙的景象，灯光不怎么亮，闪闪烁烁，展现眼前的是，大大小小各种赌具、男女老少各色赌客。已经是当地夜里十二点了，这儿依然是欢笑声、叫嚷声，此起彼伏。我们一路疲劳，顾不上细看，急着进房间休息要紧。

次日一觉醒来，天已大亮。早饭过后，便游览拉斯维加斯市中心。在最繁华的街上，大小赌场鳞次栉比。就是街道两边也不时有张口的“老虎机”在等待行人，游客们也不时地停下来在上面赌一把。号称“世界第一大赌城”可谓名不虚传，无论是澳门还是大西洋城，那真是“小巫见大巫”了。头一天主要是参观赌城的房屋建筑和市容面貌，这方面并无多大特色。

第二天再观览几个赌场内部的建筑风格，这倒有些吸引人之处，其中很有特色的有铁塔赌场、水城赌场等两三家。前者门口附近建有仿造法国的埃菲尔铁塔和凯旋门，而铁塔的两个支架即在赌场里面作为支柱，天花板则是一片蓝天白云的装饰，内部灯光幽暗，感觉非常逼真。后者靠近赌场外即有仿造威尼斯水城之一角，不宽的水面上有人撑着一只小船往来，甚是悠然自得，与赌场内的紧张热闹恰成鲜明对比。还有一家赌场门外，利用其特有的地势，建造了一个宽阔的人工湖面，湖面上浮有一个海盗船，桅杆上飘扬着海盗旗，船身不小，上面设有小炮及其他兵器、铁链和船锚。到了晚上，便有十几个扮演海盗的演员来表演。可惜那天我们去晚了，到达时表演已经结束，只见人山人海，拥挤不堪。而有意思的是，我很早就想要的维纳斯小塑像，到处都没有买到，即使五年前到美国时在几个城市的商店里也未曾见到，而这次在铁塔赌场内的一家门面不大的小巴黎商店里居然买到了，而且工艺相当精致。赌城里藏有美神，真是大出乎意料。

所住白丽丝宾馆附设有文娱场所，可以观看各种歌舞表演。事先就听说有什么脱衣舞，老伴儿不大想去，白实向她解释并非完全如外界传说的那样，还是值得一看；而我倒想要亲身见识一下“西方文化”究竟是什么样的。于是我们买了票进去了。一个半小时的演出，平心而论，节目的内容还是积极向上的，当然也带有某些感官刺激，就是有些舞蹈表演不少舞女上半身全裸，但整个装扮看来并不使人觉得淫秽，这就要看观众自己的心理健康与欣赏水平了。

这座世界最大的赌城，是在美国西部沙漠上建立起来的一座现代化城市，可算是一个了得的人为的巨大工程。它吸引着世界各地大大小小的赌徒与众多的游客，除了它的豪华浮躁的偌大气派之外，它毕竟是人间社会所创造的一个奇迹，代表着一种特有的异样的“西方文化”，难道不是吗？

大峡谷，自然造化的奇迹

自从和老伴儿来到美国，就一直盼望着能去游览闻名遐迩的大峡谷，因为在国内已经见过不少名山大川，很想见识见识美国的这一自然景观，与国内的著名山川比较一下高低。果然机会来了，白实向单位告了假，决定带我们夫妇到中西部去旅游，其中行程就包括大峡谷。

我们由费城直飞拉斯维加斯大赌城。这是在美国西部沙漠上建立的一座现代化城市，可算是一个了得的人为的巨大工程。它虽然吸引着世界各地大大小小的赌徒与游客，可对我们而言，除了想见见它的豪华气派之外，并没有多少吸引力，我们一心想着的，除了大峡谷还是大峡谷。

白实从当地一家出租汽车公司租借了一辆越野的吉普，于清晨出发，经过四个多小时的奔波，终于抵达目的地。没来到之前，我曾在电视里见过大峡谷的影像，也曾多次想象它真实的模样与气派，可一旦真正看到它，仍然为其气象和壮观而震撼不已。那是大自然怎样的一个造化啊！宏基雄伟，鬼斧神工，令人惊心动魄！文字不能状其貌，照片不能现其实，模型不能显其伟，唯有目睹体验，始能窥见和感受其无比之奇妙！

大峡谷位于美国西南部的科罗拉多高原，有文字资料表明，该高原海拔超过三千米，其最高部分称为“凯巴坡隆起”。峡谷全长四百四十六公里，其谷底之科罗拉多河也在海拔七百五十米之处，河水流入加利福尼亚湾，从河面到峡谷边缘之高度为一千四百米左右。峡谷宽度变化很大，在南缘和北缘之间约有十三至二十六公里的差距。构成峡谷的历史非常古老，其顶端的凯巴坡石灰岩于两亿七千年前沉积而成，而底层露头的片岩可追溯到十八亿年以前。从视觉的角度来说，南缘开阔而漫长，适宜步行游览；北缘深邃而偏僻，宜于登山探险。

我们自然和大多数游客一样，都选择去南缘。从东边入口，初到南缘起端的第一个观景点，一眼望去，万丈绝壁，极像地下万里长城，岩石层叠，壁垒殷红，无限伸展，气势磅礴。再眯眼仔细观察，又见绝壁脚下，变化起伏，忽如延安窑洞，间间相隔，忽如蒙古包庐，二三相连，屏障陡峭，险隘奇突。一路走去，峡谷忽明忽暗，千变万化，层层叠叠，出入无穷。国家公园管理处根据有关专业人员多年的勘测，沿谷边设置了好几处观景点。譬如步行到摩哈维与皮嘛两个观景点，可以看到谷底微小的科罗拉多河水；乘游览车到里潘点下车，可以远望沙漠之景观，可以俯视深渊之壮丽。我们有时沿途步行，欣赏缘谷风光；有时乘游览巴士，造访著名景致。那夕阳在峡谷下方拉长的光彩，似乎在向游人炫耀她的美丽与永恒。我们从游客广场中心起端景点开始，到峡谷终端的隐士居石屋为止，一路摄影留念，一路评论不断。一个下午四个小时过去了，也不感到疲劳，虽然天色近晚，依然流连忘返。

啊！大峡谷啊大峡谷，你是宇宙对人类伟大的赐予，是自然向人类显示的权威。我深深地感到，咱们国内堪与相比的唯有闻名世界的黄山。二者都无比奇丽，但显然各有特色：黄山由地面隆起，插入云霄，峻拔而壮丽；峡谷从高处凹下，切入底层，深邃而神秘。每一个到过中国黄山或美国大峡谷的游客，在这一高山、一低谷的面前，都会感到大自然的雄奇与人自身的卑微；反将过来，它们又会以其亘古的特大变动激励着人类，既要有顺应自然的意愿，又要有改造自然的心志。二者适当地结合起来，方能相辅相成，造就人类与自然的大和谐。我坚信。

大城堡，西方富豪的明智

这次外出旅游，让我对西方富豪们又增添了一层新的更深的认识。七月十三日一清早，我们即离开洛杉矶，在开车往旧金山的中途，专门绕道沿公路盘旋而上，去著名的赫氏古堡参观。我之所以对这座古堡感兴趣，一是因为年轻时起就对西方的建筑风格极为欣赏，二是此前去加拿大参加学术会议时，曾在某本杂志上看到过有关多伦多卡萨罗马城堡的图片文字介绍。那一次因时间极其有限，只是体验了大瀑布的自然景观。这次有机会亲眼目睹那人工壮观，自然不能轻易放过。

这座古堡是美国出版业巨头威廉·兰道夫·赫斯特于一九一九年开始建造的，屹立于加利福尼亚州海滨的一座山顶上。仰头望去，是突出的地中海建筑的特色，其富丽堂皇可谓世上稀有。一九五七年，即赫斯特去世六年后，赫斯特公司按照其遗嘱，将这座古堡及其设施全部捐献给了加州政府公园，此后便命名为“圣西蒙州立历史纪念馆”。

我们随着众多游客，在纪念馆专业导游的带领下，按照指定路线由外而内，全面欣赏了古堡的外部建筑和内部摆设。赫斯特的这座庄园共有五栋楼房，其灰泥墙、红瓦顶和彩色斑斓的陶瓷砖，具有浓厚的西班牙古建筑风采，这与其主人以西班牙语为古堡中各个建筑物的命名极其相称。在西班牙语里，整个古堡名为“迷人山庄”；三栋贵宾楼中，朝向夕阳的名为“夕阳楼”，有十八个房间；其次是“海景楼”，有十九个房间；再次是“山色楼”，有十个房间。主人一家自己居住的是“赫宫”，拥有一百一十五个房间。此外还有两个神坛，海神坛与西坛，两个游泳池，海神游泳池与罗马游泳池，等等。据介绍，之所以用西班牙语来称呼，是因为加州二百年前是属于西班牙的殖民地。游走在这个纪念馆的建筑群里，宛如时光倒流，又回到了几个世纪前那文艺复兴的时代。

古堡不仅楼房的设计与建筑十分考究，那外边各色各样的雕塑，也让你应接不暇，譬如意大利文艺复兴时代的雕像罗马神话中的海神、希腊神话里的半人半神少女，他们都栩栩如生，亮丽夺目；尤其那座映入眼帘的埃及嗜血女神的雕像，就有着三千多年的历史，狮子的头，女人的身，既是保护神，又是毁灭神，显然具有某种深刻的含义，引人思考。至于室内的设备也使你非常惊讶，其中收藏有许多珍贵的油画、雕塑、挂毯、家具和银器等等，有的可谓价值连城。我边走边看，不由得被一处壁画吸引住了，这是著名的《最后的晚餐》，明知是仿作，但其画面巨大几与罗浮宫的真迹相媲美。赫宫的客厅豪华宽敞，可以想象，当年的主人经常在这里招待政界人物、商界巨子及电影明星，灯火辉煌，碰杯交盏，谈笑风生。

据说，卡萨罗马城堡的主人亨利爵士和妻子，在那座于一九一一年依山而建的神秘塔楼里只享受了不到十年，便因经济困境而不得不放弃心爱的巨宅。而与此相反，赫斯特夫妇和他的五个儿子在这座山庄府邸度过了极盛的一生。他死后将其完整地捐献给了所在的州政府管理了。这种明智之举，在美国不仅赫斯特，还有过去的杜邦和现在的比尔·盖茨。相比之下，咱们中国人，别说这么巨大的财产，就是稍稍有了一点房产和积蓄，往往只想着留给子孙与后人；而子孙与后人也往往两眼紧紧盯着父辈与先人所留下的遗产，甚至于为其分配不均而闹得骨肉分离，令人唏嘘。

山顶古堡的拱手捐出，杜邦花园的全部献出，电子王国的无私奉献，毫无疑义地是一种人生的大智慧，不留给子孙后代而留给国家与政府。不留给子孙后代，就是不让他们有丝毫依赖父辈的念头，而是让他们依靠自己独立谋生，在社会上重新拓展空间，培养并增强自身的能力与智慧。留给国家与政府，就是用自己的奋斗回报国家，为全社会的同胞造福，因而也就永远留存在人世间。

大都会，别样的魅力

按照预先的安排，八日清晨五点多就起床，匆匆吃过早饭，白实就驾车出发，去费城火车站乘列车到纽约，专意参观美国的大都会博物馆。别说我们只来了四个月，白实在美国生活了十多年，也是头一次坐火车，自然有些新鲜感。列车由费城开出，到达纽约要一个半小时。

大都会博物馆坐落在纽约市著名的第五大道，其背后即中央公园。博物馆的建筑并不显得雄伟，远不能跟巴黎的罗浮宫相比。九点半才开门，随着人群进得正门，见大堂也不显得特别大，参观的人虽然不算少，但也不能跟罗浮宫相比。

馆内除底层外共有三层，主要展品设在一楼和二楼，三楼是中国漆器。因为当天返回，时间有限，三楼就不打算上去看了。

我们先来到第二层，根据博物馆平面图的导向及我们自己考虑的顺序，先后浏览了现代艺术、中国艺术、欧洲绘画、十九世纪欧洲绘画和雕塑、日本艺术、朝鲜艺术、南亚和东南亚艺术、古代近东艺术等八个展厅。

现代艺术展厅展示的，是自一九〇〇年迄今的油画、雕塑、设计和建筑，其中有我比较熟悉的马蒂斯与毕加索的画作。说心里话，对那些抽象表现主义的作品，我并不怎么看得懂，仅仅是好奇而想看个明白。欧洲绘画厅所展示的都是艺术大师的名作，如拉菲尔、凡·登诸人。中国艺术因为在国内看得多了，只是走马观花地扫视了一遍。日本、朝鲜两个厅的展品，给我的感觉是，无论品种与风格都受中国的影响很大，如青铜器、陶瓷器、漆器及绘画雕塑，如果不看文字说明，还会误以为是身处中国艺术厅呢。我比较关注的，是古代近东、南亚和东南亚两个展厅。前者有来自巴比伦古城之不朽的亚述浮雕、雕像和象牙作品，苏美尔人的雕塑以及来自伊朗小亚细亚和中亚的金属作品等。后者有来自印度、巴基斯坦、尼泊尔以及柬埔寨、印尼、泰国诸国的杰作，诸如重要的佛教和印度教石雕与青铜像等。这些都是我以往所未曾接触过的，因而见了有目光一亮的感觉。

午饭后，再下到第一层，稍稍仔细地观看了埃及艺术、希腊罗马艺术、中世纪艺术三个展厅以及二楼的美国馆。事先我就对一楼前三个展厅饶有兴趣。埃及展厅按照年代顺序展出从公元前五千年至公元四百年的三万多件展品，其中包括古王朝时期两个墓穴出土的陪葬模型，中王朝和新王朝时期的珠宝，埃及女王哈特谢普萨特的雕像和罗马统治时代的登杜神庙。其历史比我国夏商时代还要早，但其文明的成就相当辉煌，见到实物，不能不令人惊叹。希腊罗马艺术所展示的，不过是从史前到古典时期希腊与罗马的雕塑、青铜器及宝石、花瓶等等。这些虽然精微罕见，但并不使人感到意外。而中世纪艺术所展示的，是从四到十六世纪期间之青铜时代、拜占庭及中世纪早期的珍宝、罗马式与哥特式的雕塑及彩绘玻璃等。看了这些不由得使人想到，越往古各民族所创造的物质文明越相似。美国馆的展品，由于历史很短，不过给人以华丽精致的感觉罢了。

就展品内容而言，大都会博物馆与罗浮宫有着明显的区别：首先是时间的跨越，前者很大，从远古直到近现代，后者则不长，主要是近现代的；其次是地域的跨度，前者很广，五大洲几乎无所不包，而后者主要是欧美各国，亚洲仅限于两三个国家，非洲与澳洲则似乎空白；再次是展品的范围，前者种类很多，除了绘画雕塑之外，出土文物、建筑设施、陶瓷用品、衣服首饰、地宫墓穴、文字书画、家具园林等等，人类物质文明的成果几乎无所不包，而后者主要限于绘画雕塑方面的艺术精品。据老伴儿说，这个博物馆比起伦敦的大英博物馆也小得多，但展品所涉及的历史悠久，品种繁多，有眼花缭乱之感。

这是我第二次到纽约，不去观看繁华市容与高楼大厦，专意去观瞻著名的博物馆，自然有着别样的感觉，即展品所显现的悠久历史，恰恰能够滋养众多参观者的心灵。如果说十年前参观罗浮宫时，是那里的艺术精品所给予我的一种感性上的震撼；那么这次参观大都会博物馆，则是远古文明所赋予我的一种理性上的启示。我油然想起我国《诗经》里的名句："如切如磋，如琢如磨。"是的，自开天辟地起，初民们一双双粗糙的手，开始了切、磋、琢、磨，开始了打造、抟揉、雕刻、编织，无论是为了实用还是为了装饰，也无论是为了祭祀还是为了炫耀，其最初的动力无非都是为了现实的生存和对未来的期望。那粗糙而灵活的双手，是一切文明创造的起点，也是一切美好事物的起始。那是上古时代初民的单纯的创造。而单纯，恰恰是一切的开端。

坐在回费城的汽车上，车轮的飞转又使我猛然想起那次在巴黎一个广场所看到的令人惊异的雕塑：地面上一个巨大的头颅稍稍倾斜着，一只伸出地面的巨大的手掌托着那头颅的侧面，两只大眼睛微微闭起；再稍稍放眼远望，一条巨大的胳膊肘部分弯曲地裸露在另一处地面上。把这两处雕塑合起作为一个整体来考量，这个完全不见身体的巨人显然是在沉思。这位不同凡响的雕塑家以其独特的构思与形象在昭示着世界：人类的身体可以埋葬，而其思想是不可埋葬的！唯其如此，才有今日辉煌之文明。

入关安检的切身感受

这是头一次我和我老伴应儿子和儿媳的要求，一块儿赴美国费城探亲。此前，我都是为参加国际学术会议而单独出国，包括到美国顺便探亲。至于老伴儿，她也是独个儿去过美国探的亲，时间也不超过三个月。这一次可就不同了，我们签证申请的时间要长得多，因而需要带的行李也多得多。按照美国航空公司的有关规定，我们准备了符合要求的三个行李箱和一个行李包，装满了所需要的衣物和书籍准备托运。事先，根据以往的经验，我们曾仔细打听过哪些是不能带进美国海关的违禁品，譬如肉类食品及水果等农产品。我们严格遵守其规定，要求自己做一个信守承诺的中国公民。

三月十九日下午五时许，我们乘坐的美国大陆航空公司的CO88次航班飞机准时抵达纽约的纽瓦克机场。填写入关申请表格，提取行李，验证身份，一连都十分顺利。在排队接受入关安检时，心想不会有任何问题了，因为我们的三个行李箱和一个行李包都没有装进任何违禁物品。然而出乎意料的是，当四件行李通过暗道接受检查时，其中一个行李箱却被拦了下来。于是，安检人员要求我们打开行李箱进行全面检查，我和老伴儿都好生奇怪，不知哪儿出了问题。

负责检查的安检人员是一个中年美国人，个头偏高，头发稀落，体形不胖，看去并不显得和蔼。不知老伴儿是因为眼睛老花还是意外有点儿紧张，在准备打开箱子看密码时，把其中两个数字拨错了，箱子老打不开，老伴儿有些着急起来。可站在一旁的那个美国人却一点儿也不催促，而是耐心等待，有时还过来帮着看看。我本来在一边看着其他行李，这时便走过去，发现密码拨错了，便加以纠正，箱子终于打开了。那个美国人微微露出笑容，把行李箱里的衣物从上到下一一翻开，迅速而又仔细，动作十分熟练。当翻到两包用报纸包扎好的物件时，他用怀疑的眼光望望我们，但并不急着拆开，似乎在等待我们的回答。老伴儿并不会英文，但机敏地用英文词汇“book”来答复他。

美国人即用手指轻轻抠了一个小孔，见确实是两捆书籍时，笑着点了点头。

再往下检查见到有几个小纸盒，美国人用英语问着什么，老伴儿急着再三说明：“药，药!”在一旁帮助安检的翻译人员走过来用英语告知那个美国人，他又微笑着点了点头，连声说“ok，ok!”

过了好一会，终于查清了箱子里所有的物件，见确实没有任何违禁物品，这才让我们把箱子收拾好，并说了两声抱歉。不知为什么，在那个时刻，我仿佛不是当事者，不但没有任何不耐烦，反而出于礼貌，不由自主地说了一声“对不起”。那个美国人也不知是听懂了我说的话呢，还是因为我们主动配合他的检查，最后用英语热情地说了几声：“谢谢，谢谢!”此时，老伴儿仍在仔细地整理那个翻乱了的行李箱。美国人便通过翻译转告我们：“你们已经到了目的地，行李随便收拾一下就可以了。你们的家人还在出口处等着你们呢!”于是老伴儿笑着点了点头，很快就整理好了箱子，我们满意地离开了。

此时，也就在此时，我心底油然产生一种认识，这位美国安检人员显然是在认真地履行国家所赋予他的神圣职责，为了国家的安全，也为了所有入关人员的安全，包括我和我老伴儿自身的安全，他必须如此细致地抽查他认为需要检查的行李，而让所有的入关者，包括后来打算来美国探亲和旅游的人，消除任何侥幸心理。这就是制度，国家的制度；这就是职责，个人的职责。对于制度和职责，当然是来不得丁点马虎，来不得半点敷衍的。在离开的路上，老伴儿说得好：“这个美国安检人员不仅办事认真，还挺有人情味儿的。”是的，正因为如此，所以他那样做才不让人感到生硬，反而叫人容易接受。这说明，严守制度，履行职责，如果多点人性化，就如同在齿轮上抹上了润滑剂，那么整个社会机器运转起来就极其协调了。

一个异国游子的意愿

屈指算来，到美国已经一年多了，不少见闻都拨动着我的心弦。四月十八日是星期六，上午九时许，全家大小去附近一国家公园游览。听白实介绍，这个公园按英文意思名叫山谷山脊公园，原初是十八世纪美国独立战争时的一个战场，自然具有相当的历史意义。

车子停在后门入口处，我们沿着石子路信步前往。公园内有不少人穿着休闲服或运动服在跑步，也有些青年人骑着自行车在锻炼。我边走边展眼左右远望，左边是一道山谷，右边则一片山脊，如果排除后来专门培植的树木不顾，的确是一番古战场的景象。沿途走去，除了一片青草和几株高大树木之外，可以见到散落的几座木头搭建的低矮小屋。我估猜是模仿当年的兵营，白实称是。再稍走几步，即可见到一些不怎么高的纪念碑，黑大理石的，上面刻着英文。我自然看不懂，但大体可以猜测到是写着哪一年到哪一年发生的战事，当年哪些部队参战。白实略微看了一眼，说我估摸的不差，并补充说还记有当年作战指挥官的名字。就在这时，望见有几尊小炮搁在附近，类似以前的迫击炮，炮身完整，显然是后来模仿建造的纪念物。即使如此，却也增加了几分当年古战场的氛围，似乎听到那隆隆的炮声，不禁给人有些许紧张的感觉。突然，见一木头小屋里走出一个全身穿戴着当年士兵服装的人来，手里拿着一杆美国国旗插在小屋旁边。显然，这是提示游园的人们，要切记这个国家开初这一段光荣的历史。

我默默地向前走着，回忆起中学时代所读过的有关美国的历史，联想起四年多以前去费城参观独立战争纪念宫的情景，耳旁似乎远远响起那独立钟的钟声。是的，这是一部值得美国人民纪念的抗争的历史，它包含着一种不屈的精神。由此而想到，这次由美国本土刮起的金融风暴对这个国家的冲击，以及该国新任总统及其高层幕僚所采取的应对措施。不知不觉间便远远望到了公园的圆拱形正大门，附近边上还高高竖立起一杆美国的国旗，星条旗迎风招展，一派庄重肃穆的气氛。

身处异国他邦，我一丝感觉到，这里边不就隐含着对这次金融风暴冲击的答案么：美国人民的爱国情操和精诚团结，美国所拥有的强大国力，美国国家机器的自我调节及其外交政策的及时调整，加之世界各国的共同应对与相互救援，美国乃至世界一定会在不久的将来实现经济复苏。在这种美好愿望和坚定信念的驱使下，我要家人特地为我在拱门前拍了一张照片，以为此次游园的纪念。

洛杉矶，影视明星的城堡

来到久仰的美国西部城市洛杉矶，我们的计划自然是先参观好莱坞，再游览其市容。

九日上午，驾车到好莱坞影视城，游客已是人山人海。影视城内，天上地下，屋内屋外，到处是影视明星的巨幅挂像、大大小小的表演道具、即兴有趣的片段演出，以及令人恐惧的鬼怪暗室，偶尔还有著名影星有距离的招手致意。其光怪陆离的景象事先虽然已经有所预想，但坐着专门的游览车，在专业的中文导游的解说下，身临其境地参观其中几个拍摄现场及模拟表演时，如桥梁炸断、房屋被烧、大雨滂沱、洪水泛滥、鲨鱼食人、凶杀现场等等，依然感到有些新鲜，与在影院看电影或在家看电视感觉还是不一般。

次日，先是游览洛杉矶主要街道——明星大道。这条街道比较繁华，两边店铺整齐，所摆设的大多是供游人选购的纪念品。顾名思义，这条街道的主要商店所陈列的商品无不与影视明星的衣饰装扮、金银首饰和家庭摆设有关。其主要特点是在闹市两边的人行道路面上，有镶嵌着金色的五角星，一个接着一个，大小约一尺半见方，每两个之间距离二尺左右，每个五角星内铭刻一位好莱坞电影明星的姓名。也有些空着尚未铭刻姓名的，显然是为了日后填补新出现的影视明星的。一路走着看着，本没有拍照的打算，突然白实见到一颗金色五角星上刻有著名喜剧表演家卓别林的名字，便喊我去看，我立即来了兴趣，就屈起双腿蹲在这个五角星旁边，让白实拍下这一难得的珍贵时刻。

接着白实领着我和老伴儿去参观明星蜡像馆，里面陈列着各时期代表影片的人物表演场景，其中有爱情片、警匪片、喜剧片、西部牛仔片以及恐怖片等。不知什么缘故，整个通道灯光极其暗淡，显得十分神秘，与不少著名影片的内容和气氛明显不协调。这似乎流露出一点败笔。

午后，去参观落日大道，汽车开往市内一座小山头，道路弯弯曲曲，小汽车盘旋而上。白实告诉我们，这里是著名影星和富豪们的住宅区。只见各家宅院都深藏在密密的林荫里，路人休想窥视其内，显然是不让闲人，尤其是媒体干扰其私生活。据介绍，这里有一处可以见到好莱坞所在的山头，上面塑有偌大的英文“好莱坞”字样。我们找来找去，好不容易才找到，终于留影如愿。下了山，我好久也没弄明白，这个通往影视明星和富豪住宅区的山路为何取名为“落日大道”，莫非其中隐含着什么深意不成?

第四天早上，我们才去游览洛杉矶市中心。该中心大多为高楼大厦，主要是市政厅一类的政府机构、金融业以及大公司等。我们只是有选择地在极具特征的建筑旁摄影留念，如迪斯尼音乐厅等，但毕竟不多。尽管走了一整天，洛杉矶作为一座现代化城市，实在没有给我们留下什么特有的印象，而突出的除了好莱坞还是好莱坞。我甚至想到，如果没有好莱坞，洛杉矶还有什么“著名”之处？在众多游览者的心目中，洛杉矶不过是一座影视明星的“城堡”而已。

诚信与敷衍

旅游来到旧金山，自然要步行观览唐人街，其街头门楼有孙中山先生所题写的“天下为公”的匾额，两旁分别书写“忠孝仁爱，信义和平”。说起这座城市，如果与国内的城市相比，具有重庆和上海两市的特点：其地势如同重庆，忽高忽低，波浪起伏，有过之而无不及；其市容近似上海，房屋齐整，商店相连，建筑各具特色。虽说如此，旧金山依然给我留下了极为深刻的印象，这要归因于一件看来不起眼的小事儿。

事情发生于旅游结束后离开旧金山那一天。凌晨三点半我们就起床，儿子开着租来的吉普去机场，准备乘飞机回费城。到了机场，先去归还于拉斯维加斯一家华人开办的公司租来的吉普车。汽车经分公司有关一位华人检验过后，我们便赶到机场安检处。手续刚刚办完，他忽然想起自己的卫星定向仪给遗忘在汽车上了。飞机就要起飞，回去寻找显然是来不及了。我便提醒他，赶快打电话给那家公司，请他们帮忙在那辆吉普上寻找一下，然后邮寄回来。儿子立即打了电话过去，对方答应一定寻找，并说隔几小时再打一次电话过去询问。虽然如此，可老伴儿按照国内的社情判断，认为没什么指望的了。然而我却预感还是有希望的。好不容易挨到登机，经过五个小时的飞行，抵达亚特兰大机场等候转机。下了飞机，老伴儿便催促儿子，赶快打电话到旧金山那家出租汽车公司试试看。电话打了过去，对方明确回答，卫星定向仪已经找到，希望我们到家后寄个结实的包裹信封过去，上面写明收信人的姓名和地址，并附带说清遗失情况，他们一定会将失物寄回给失主。不消说，我们的心情轻松了许多。我笑着对老伴儿说，“怎么样，还是我的预感准确吧”，老伴儿只笑不语。到家后的第二天，儿子就给那家公司寄去了包裹信封，也不过一个多星期，果然收到了对方寄回的卫星定向仪，其诚信受到了实际的检验。我的预感之所以准确，那是来美国不到半年时间的切身感受。我十分清楚，守法、诚信、公平，是美国社会成功运转的基本构架。

由此，我不禁联想起三年前在国内发生的另一件小事儿。我的博士生吴先文要进行学位论文答辩，便邀请南京师大的董志翘教授来主持。答辩结束后，我和小吴陪同他游览合肥的包河公园与明教寺，当乘坐一辆出租汽车到达明教寺时，小吴不小心，把董先生的手机遗漏在出租车坐椅上了。出租汽车刚刚开走，小吴立即想起那款名牌手机，但为时已经晚了，随即打电话给合肥的这家出租汽车公司，并告知所乘汽车的号码尾数与司机模样，对方当时也答应代为询问。可到次日，小吴再打电话询问那家公司时，对方却敷衍了事地说没找到。小吴自然是不甘心，下午又乘公交车亲自去那家公司再三追问，有关工作人员不耐烦地回复说，司机不承认，无法解决。说实在的，类似这样的事情，我亲身遭遇的就不止这一次，每次都令人遗憾。

两件小事恰成对比：一个是几乎远隔千里，诚信对待；一个是近在跟前，敷衍推脱。可见对咱们国内而言，净化社会风气、树立社会诚信的工作尚需抓紧去做，如此才能在经济发展的同时，让国民享受文明建设的成果。

这让人想起一个令人深思的故事来。说是有个中年妇女刚搬进新居，正在整理客厅，突然停电了，她在客厅的一片漆黑中好不容易摸到蜡烛与火柴，就听到外边有人在敲门。打开门一看，一个小男孩仰着脸，背着双手，问道：“阿姨，你家有蜡烛吗？”她心里想，我才搬来，怎么就让孩子来借东西，那以后不是没完没了吗？于是回答说："阿姨刚搬来，还没准备好呢！"说完就要关门，小男孩高兴地伸出双手说："阿姨，你看！"原来男孩手中握着两支细长的蜡烛，"我妈妈说，您刚搬来，要我给送过来的。"好在是黑暗里，看不见那个正要关门的女人一脸的尴尬。

一边是那个搬进新居的妇女所预设的人与人的关系，另一边是那个小男孩的妈妈所设想的人际关系：这是两种截然不同的情境。是的，点亮蜡烛，驱除黑暗；给以温暖，摒弃冷漠；待以诚心，抛却猜疑；彼此携手，相互友爱。我们大家生活在这个共同拥有的世界上，面对现实的种种艰辛而共同奋斗，不正是为了一个信念，建立一个和谐相处的国际社会吗？这是人类共同的愿望。只要坚持这美好的信念，"我为人人，人人为我"，那就一定能够改变眼前人与人之间还有许多隔阂与障碍的世界。——笔者坚信！

参观少儿科技博物馆

四月十二日是星期日，儿子驾车，我们一家六口一块儿去费城，参观以十八世纪伟大科学家富兰克林的名字命名的科技博物馆。事先，白实就告诉我，这是全美国供少儿参观学习的最大的科技博物馆，很值得一看。这自然引起我的兴趣。

博物馆整个看去虽然不十分高耸，但正门两边那几座竖立的粗大圆柱，整个乳白色的高层楼房，一派中世纪的建筑风格，却显得十分庄重典雅。走进博物馆的大门，扑入眼帘的是富兰克林的高大塑像，上身轻松地坐在沙发椅上，脸部微侧，披肩长发稍稍卷起，两只手臂分别搁在椅子两边的扶手上，双眼凝视远处，一副正在沉思的样子。我虽然不懂英文，但看标志即知这座楼房一共三层，每层都有几间宽大的展览厅。从其展览的内容来看，有生物、化学、物理、人体解剖、宇宙星空、体育训练等等学科方面的模型与设备，非常直观而有趣，很适合少年儿童的课外学习与实践，是学校课堂教学的极好的补充。

各个展厅所展示的内容都十分丰富。即如人体解剖展厅，不仅有各个器官的模型，有模拟各器官活动的状况，而且还有个别特殊器官的分项实验与比较。譬如把人的心脏与十几种动物的心脏之模型如实地陈列在一起，以比较其大小；又如用一粗大玻璃管盛着红色液体象征血液，连通体重测量器，以显示人的体重与体内血液总量的关系；再如有一个类似量血压的仪器，让参观者自己摆上胳膊，体验脉搏跳动与血压高低的感觉。诸如此类，举不胜举。这里只说说给我印象极深的几项活动。

首先引起我注意的是模仿手工造纸的工艺过程。大约分为四道工序：搅拌纸浆，灌入模子，压挤水分，干燥纸张。整个过程都有专人耐心指导讲解，让每个孩子亲自操作，完成后便把他们自己造好的有些湿润的小纸张，用另一张干纸卷起来，送给小朋友回去留作纪念。

接着便走进一间放映室去观看天体星球的运行。这是一个完整的纪录片，片中有男女两个中学生在郊野林子里相互问答，并用各种天文仪器观察远处的星空，由他俩带领小观众去认识各种仪器，并通过这些仪器去一一识别天体的各种星系，如银河系、太阳系以及太阳、月亮、地球相互间运行的关系。与一般纪录片不同的是极具立体感，绝大部分天体星球的运行就在参观者的头顶上。通过这段为时不长的立体影片，让小观众们从小就形成有关宇宙的巨大意象，以便逐渐建立起大空间的观念。

其次有两个实验表演也是众多参观者积极参加的。一个是有关液体、气体的化学变化试验，在一个稍大点的阶梯教室里进行，由一位青年女教师主讲。她在台上一边做试验，一边不断地向台下的小观众提问，有时还要求小朋友上台去参与。当她提问或要求参与时，台下的小观众便一个个举起小手，抢着要求回答或参加，其热烈的程度一定会让国内的教师与家长感到意外。我的孙儿绍天才六岁，还在学前班学习，他居然也先后四次举起小手来，其中有一次回答还得到台上女教师的赞许。我轻声地问坐在一边的白实，绍天说了什么，白实笑着告诉我说是“加热”。这自然使我有点意料之外。

另一个有关自由落体的物理实验，是在以意大利科学家伽利略命名的演示厅里举行，演示厅的门口左上方挂着伽利略的巨大画像。演示由一位胖胖的中年男教师负责主持，他还请了一个中学生模样的助手。这位男教师也是不断地提出问题来启发小朋友，稍不同的是讲解时带点儿幽默，不时引起台下小观众及其家长们的一阵阵笑声。同样，台下幼小的孩子们也是不断地抢着要求回答问题或上台参与，其景象的确令人心动。

来参观的人络绎不绝，我不经意地望望他们，突然发现其中犹太人相当多，这引起我的好奇。他们并非一两个单独行动，而是一家人五六个甚至七八个，好像总是爷孙三代在一起，穿戴比较整齐考究，大都穿着黑色的长袍，男的无论老少都戴着一顶小圆帽，不像西方人衣着那么随意。我把这发现告诉白实，犹太人人口并不多，可在这次参观的人群中占着相当大的比例。白实对我说，他们和亚裔人一样，非常注重对子女的培养教育，因而经常带着子女来参观各种科技馆与博物馆。

这次参观，不禁使我回忆起自己从小学到中学的学习情景来，那物理、化学、生物课程的某些内容一一浮现；而且也使我明白了一个道理，为什么欧美大中学生的动手能力普遍比我们国内的要强得多。白实认真地告诉我，他在美国攻读研究生时所做的有些实验，美国的学生在中小学时就已经亲手做过了。这就是我们与他们之间的差距，不是在智力上，而是在动手能力上。

布鲁塞尔的厚重一笔

这次去英国女儿家探视，当客机飞过欧洲高空时，我不由得回忆起一九九八年的夏初，我和几位国内的同道应邀赴法国巴黎参加“《马氏文通》问世一百周年纪念”国际学术研讨会，会议一结束，即自费往比利时与荷兰旅游，参观了布鲁塞尔这座有着千年历史的古城。

布鲁塞尔是比利时的首都，我们之所以选择这座不大的城市去旅游，除了有一种特殊情怀之外，因为这座古城由于其优越的地理位置和发达的交通与通讯，上个世纪五十年代以来便已成为西欧文化经济的交会点，有上百个国际组织和办事机构的总部都设立在这里，名目繁多的国际会议也经常在这儿召开。

这座古城始建于公元六世纪，原称“布鲁奥克塞拉”，意思是“沼泽上的住所”。十六世纪以来，先后被西班牙、奥地利、法兰西与荷兰侵占。一八三〇年十一月，比利时宣告独立，定都布鲁塞尔。其市区略呈五角形，城区分为上城和下城：上城为行政区，下城为商业区。其名胜古迹甚多，商店亦鳞次栉比，是欧洲著名的旅游胜地。

布鲁塞尔的市中心广场是众多游客首到之地，其四周被哥特式、文艺复兴式、路易十四式之建筑所包围。其中最大的建筑就是市政厅，这是一座典型的哥特式建筑，建于一四〇二——一四八〇年，高耸的钟楼约九十余米，顶上是高五米的守护神圣米谢尔的雕像。市政厅的对面是所谓“国王之家”，现为国家博物馆。

闻名遐迩的小于连撒尿雕像，是到这里观光的游客必去的地方。该雕像又称“布鲁塞尔第一公民”像，有关他的民间故事几乎家喻户晓：在西班牙占领者撤离该市之时，欲用炸药炸毁这座城，幸亏小男孩夜里出来撒尿，浇灭了导火线，拯救了全城。为纪念这个小英雄，一六一九年建立了这座高约五十厘米的雕像。十七世纪末以来，不断有各国来宾为他制作、征收衣服，因而小于连经常更换不同的衣装。

原子球为一九八五年世博会所设计的标志建筑。其设计构思源于原子结构图，九个巨大的金属圆球由粗大的钢管相互连接，其间有管道相通，可供游人上下。如今圆球内成为各种主题的科技展览厅，分别陈列太阳能、和平利用的原子能、航天技术、天文等方面的展品以及有关比利时气象事业发展的各种图表。

在布鲁塞尔南郊，有一片起伏的丘陵开阔地，也是游人不能不去的地方，这就是著名的滑铁卢古战场，一八一五年法国拿破仑战败的地方。小丘陵的顶端建有拿破仑披着斗篷、骑在马上的铸像，令人想起当年曾经发生激烈战斗的一番情景，那位曾经叱咤整个欧洲风云的人物最终落败于此，不能不让人感慨唏嘘。

拿破仑这个矮个儿独裁的战败，让我们想起了马克思和恩格斯对历史所作的科学评价。也正是这两位伟人在布鲁塞尔市政厅左侧的天鹅餐厅，共同起草了举世闻名的《共产党宣言》，从而正式拉开了国际共产主义运动的帷幕。由此，布鲁塞尔这座城市在人类思想史上留下了厚重的一笔。这就是文章开头所说的一种特殊情怀。

不列颠的风情

应女儿的邀请，我和老伴儿于八月初去英国探亲，在谢菲尔德市近郊住了三个月。我是头一次去英国，没去之前，上个世纪四十年代小学地理老师讲到英国时，挂在嘴边的“大不列颠”、“日不落国”、“大英帝国”这些用语，不知怎么的总在脑际盘旋，形成一个比几年前来美国时还要不寻常的印象。

走出曼彻斯特国际机场，我们便随着女儿钻进女婿开来的宝马牌汽车，一个多小时的行驶，瞭望汽车窗外前面延伸的公路以及两旁飞驰而过的景致，给我一种与来之前所想的完全不同的印象。与美国相比，首先，公路上来来往往奔驶的私家车绝大多数是小型号，驾驶人都坐在车内右边位置，而汽车都靠左边行驶与拐弯儿；其次，公路大多比较狭小，且因丘陵起伏而弯道很多，觉得有些局促不安；再次，经常见到乡村小山庄隐隐约约地出没于树林之间，看去十分地闲静幽雅，毫无资本帝国的喧嚣声响。还有一个在美国的公路两边根本见不到的情景，那平缓起伏的绿色山坡上，远远看去白色点点团团，驶近观察或乳牛散落或绵羊成群，原来是放养牛羊的牧场疏隔相间，展示的是一幅田园牧歌的景象。我不由得追忆起小学地理课本上所说的，曼彻斯特毕竟是英国著名的纺织工业中心啊。

其实在英国，不仅是私用汽车微型、通行公路狭小，就是骑马的巡警所用的马鞍也比美国明显的小，我傍晚散步时曾经见过，正如某部小说里所说的，是将美国式鞍子的后面弓形和头上部位的高度予以减低而成。再说，城镇及其近郊的私人住宅也比美国一般居民楼房要显得玲珑小巧，而且各个住户之间几无间隔，几乎可谓鳞次栉比，与中国以往小城镇住宅相连颇为近似。各家大都是两层小楼，窗户不多，客厅与房间都不大，后边有一小庭院，而庭院里却都有几株百年左右的高大树木，与其住宅相比似乎有些不大相称，却显示其座座小楼年代之久远，衬出英吉利毕竟是个古老的国度。有意思的是，各个住宅门前后院都有个“围墙”，或是结构紧密的砖石，或是修剪整齐的树丛，高的能挡住成年行人的视野，矮的不超过一般路人的膝盖，借此把自家围将起来。这不能不令人想起英国人历史上的“圈地”行动，与美国人私家住宅也比较开放的气象大相径庭。

这也不难理解，早在十九世纪，英国的维多利亚女王统治了半个多世纪，创建了一个辉煌的“日不落大英帝国”，如今殖民时代已经成为历史，“日不落国”早已不复存在，英吉利人守土有则，关注周围环境，英国已经逐渐演变为一个“节约型”的国家。对此，我们当另眼相看了。

女婿驾驶的小汽车，或而登上丘陵，或而驶入低谷，沿途景致扑面而来，汽车淹没于绿荫之中。我不禁回忆起在大学中文系学习期间，曾读过的一些英国著名作家的小说来，其中所描写的一幅幅乡村野郊的图景令人向往：片片密林，块块草坪，个个庄园，座座城堡，迤逦起伏的丘陵，星罗棋布的牛羊，让人产生种种遐想。如今，此情此景即在身边，怎不叫人如醉如迷呢！

说到英国的气候，对我这个生长于中国内陆的老人来说也感到很特别。八月份在中国是酷暑的夏季，即使在纬度差不多的美国费城也相当炎热，而在曼彻斯特和谢菲尔德却已是凉爽的秋季。住在女儿家，经常见到这样的情景：晴空中缓缓飘过一片片低垂的未能遮住太阳的白云，不时地把来无踪去无影的雨水洒向树丛和草坪。淅淅沥沥的晶莹的雨点飘飘落下，而阳光却依然在欢快的闪烁。过一会儿，雨点止了，云儿散了，凉风吹拂，树叶滴翠，青草碧透。一片浓烈的清新气息扑鼻而来，沁人心脾。天晴时，这儿的黄昏特别长久，暮色尤其明亮，风儿有时还刮来一阵阵附近牧场的气息。外出散步，偶尔缓行至树林外围，远处那茵茵青草覆盖着的山丘，葱葱葐然地映入眼帘，那是何等的美妙啊！进入九月，更是三天晴空，两天阴雨。那雨，忽而飘飘洒洒，忽而淋淋沥沥，极少瓢泼，极富诗意；这阴，有时漫天大雾，有时乌云一片，灰蒙蒙，阴暗暗，满幅神秘。每至清晨或是黄昏，偶尔撑起小伞，迈出小楼，置身于其间，细细领略与品味这个岛国的无比奇妙！

爱丁堡，历史积淀的古城

有人曾对我说，若去英国旅游，伦敦可以不去，而爱丁堡却不可不去。我总觉得此言有些过甚其辞。然而，这次去英国探亲，先游览爱丁堡，再观赏伦敦，两相比较，始觉彼言之不虚也。

女婿开着宝马，载着全家五口，一大早从附近一个小镇旅馆出发，行驶一个多小时，于九时前到达目的地。存好汽车，进入爱丁堡市中心，便立即感觉到街道两旁弥漫着苏格兰民族的习俗与风情。这一切在电影里和舞台上都曾见过，因而无心去仔细品味，一心直奔古代城堡。我们沿着古老的王子大街之斜坡而上，不久即远远望见高高耸立的城堡，在俯视着鳞次栉比的建筑，迎接着熙来攘往的游客，检阅着购买门票的蛇形队伍。趁着等待的空当，我由下而上地仰望那朝阳所映照的、处于城市尽头的灰黑色城墙，显得那么庄严而神奇，那么深邃而静谧。

有关资料表明，公元六百年左右，当地的葛德丁人创造了“鼎爱丁”，意为爱丁要塞；六百三十八年左右，盎格鲁人占领此地，便改名为人们所熟知的爱丁堡。中世纪起，爱丁堡即成为苏格兰最重要的皇家堡垒，在本国与英格兰漫长的战争中经受了无数次的围困。自十八世纪中叶开始，这个历史悠久的城堡就单纯成了国家的象征以及主要的旅游景点。

沿着一段斜坡走进城堡面南之古老的铁闸大门，信步登上其最高顶点，就见到圣玛格丽特礼拜堂矗立在那里，它是整个城堡最古老的建筑。礼堂附近是皇冠广场，那是皇家城堡的心脏，其中摆放着芒斯蒙哥大炮；周围环绕着几座壮丽的建筑，包括皇宫、大礼堂和苏格兰国家战争纪念馆。城堡东面设有阿吉尔塔楼，东南面设有前城墙炮台和半月炮台，西面则设有杜里炮台，分别齐整地部署着一二十尊中世纪大炮，严阵以待地守护着城堡的安全。令人意外的是，至今这里依然还驻有军队，司令官官邸就位于礼拜堂的北边，其后即是军队的新营地。站在堡垒之巅，四下远近一望，一面斜坡，三面悬崖，城堡雄伟地耸立在小山顶部，居高临下地傲视着爱丁堡全城以及附近的城镇，肃穆如铁，朦胧如梦，壮丽如画，幽然如诗。遥想往古，战旗飘飘，炮声隆隆，呐喊声声，刀枪铿铿，虽千军万马，而城堡却固若金汤……

走进王宫，有三件苏格兰之圣物特别吸引游客的目光，那就是缀满宝石的华丽的皇冠、代表君主权力的权杖和做工精致的国家宝剑，这也是不列颠群岛最悠久的宝物。此外，还有作为神秘的国家象征的“命运石”，一千多年来都被用以加冕苏格兰、英格兰和大不列颠联合王国的君主。这几件宝藏向世人展示着当年的风采，是苏格兰中世纪历史的骄傲的标志。王宫里的陈设表明，一九〇三年，苏格兰的圣玛格丽特在此去世；一五六六年，苏格兰的詹姆斯六世（即英格兰詹姆斯一世）在此诞生；加之以上所说的圣物和宝藏，这座历经千余年的城堡依旧是苏格兰国家最有力的象征。其室内陈设着高高的座椅、宽阔的卧榻以及五光十色的珠宝。我注意到王宫里的壁炉，那用灯光模拟的神圣之火，在阴暗的展厅里似乎悄悄地燃烧，以温暖着这个与世隔绝的不大的宫殿。

重点解读了王宫内的陈列珍品之后，我又特别流连于圣玛格丽特礼拜堂，欣赏其天顶和墙壁上所临摹，和周边所摆设的“文艺复兴四杰”（达·芬奇、拉斐尔、提提昂、米开朗琪罗）的绘画与雕塑复制品。其余几处则走马观花地浏览了大厅的原始短椽尾梁屋顶、苏格兰皇家军团博物馆、苏格兰国家战争纪念碑以及军事监狱展厅等。

作为英国首都的伦敦无疑是个名不虚传的现代大都会，高楼大厦鳞次栉比，玻璃橱窗熠熠闪光，宽阔街道车如流水，绿树红花争奇斗艳，来往游客摩肩接踵。但这些与各国的首府大同小异，都是财富使它们成为一个最繁华、最诱人的城市。而爱丁堡却拥有最古老的城堡、最古旧的建筑、最别样的街道、最别致的风情。漫步在王子大街上，华丽摩登的商铺汇聚两边，不时可以看到穿着传统苏格兰裙的艺人在路边轻歌曼舞，演奏风笛，其现代的繁华和热闹与苏格兰民族的风貌和多彩交相辉映，不仅给当地居民，也给来往此间的旅客以舒心文明的享受。这一切一切的与众不同，都那么令人流连陶醉。

在一派夕阳绚烂的金光中，我们依依不舍地离开了那座古老的城堡。我想，是这座皇家堡垒赋予了这个古城以历史的厚重与魅力，而这个著名的旅游城市也为这座城堡展示了现代的繁荣与华丽。苏格兰古老的文化血脉和不列颠岛国的现实存在，使众多不同肤色的游客于内心深处逐渐感悟到：是历史滋养了现代，而现代也照亮了历史！

巨石阵，史前建筑的谜团

去年八月，在英国探视女儿一家期间，我们带着好奇心特地去参观过闻名遐迩的巨石阵。它已于一九八六年被列为“世界文化遗产”。

巨石阵，亦称圆形石林，位于英格兰威尔特郡的埃姆斯伯里，距离伦敦大约一百二十公里，是英国最著名的史前建筑遗迹。你想象不到，在那一马平川的平原上，六十块巨石叠起并围成一个偌大的圆圈，在那儿已经矗立了几千年之久。它之所以每年都吸引着上百万游客慕名而往，不仅是由于那奇特的景观，还由于其建造起因乃至运输方法至今在考古界仍多方猜测而成为一个谜团。正是因为有各种各样的推测，巨石阵又名为环状列石、太阳神庙、史前石桌等等。

这个难以解开的谜团，引发了有关不同的传说：一种说法是，沙利斯伯利平原上原本住着一群善良的巨人，他们经常喜欢手牵手地围成圆圈唱歌跳舞，他们滑稽的神情与动作为人们带来许多欢乐。突然在毫无预警的一瞬间，巨人们僵化而变成大石，手舞足蹈的动作也霎时间凝结，就此成为伫立平原上的巨石群。另一种说法是，一个恶魔向一名爱尔兰老妇买了这堆石头，运用魔法让它们漂洋过海，来到沙利斯伯利平原，堆栈出类似所见到的模样。恶魔让当地村民猜测石块的数量，当大伙毫无头绪时，有一位修士走出人群，对着恶魔说，石头多得无法胜数，恶魔发现人类居然也有智慧破解，即转得意而为愤怒，顺手举起一颗巨石朝修士投去，不料修士并未为大石所伤，居然在修士的脚踝下凹陷了个小洞。恶魔愤然离去，留下了巨石群。当然，这两种传说仅仅是增加了巨石阵的神秘色彩而已。

关于巨石阵的年代，至今尚有争议。大多数史学家综合各种因素，包括考古碳年代鉴定技术的检验，相信是公元前两千五百年左右新石器时代晚期建成的。整个巨石阵的结构是由环状列石及环状沟所组成，环状沟的直径约一百米，再距离巨石阵入口处外侧约三十米的地方，有一块被称为“席尔”的石头单独地立在地上。如果从环状沟向这块石头望去，正好是夏至当天太阳升起的位置。因此，部分学者认为上古当地初民是用巨石阵来记录太阳的运行的。至于这些来自威尔斯的普利西里山脉约四、五吨重的大石头如何运输到四十公里以外的遗址并构筑成所见的园阵的，虽然还没有完全准确的解释，但游人不再为此而大惑不解了。

但是，据考古证明，巨石阵的修建曾经历了几个不同的阶段，最后才建成以巨石为柱，顶上则横卧巨石为楣的规模庞大的巨石阵；而且从开始到基本建成的五百年间，这些巨石的位置也曾经被不厌其烦地重新排列过，最终才形成现在这样的格局。因而上述关于辑录太阳运行的结论并不可靠。迄今为止，对其当初建造它的目的一直不很明确。

通过网上搜寻有关零碎的资料，经过仔细地条分缕析，大致有如下几种不同的推测：一是认为，圆形石林是早期英国部落或宗教组织举行仪式的中心；二是认为，古代的人们在那里观察天文，在季节变化之际举办活动；三是认为，它是用来悼念亡灵的纪念物，其周围地区分布着数以百计的古代墓葬可以提供佐证；四是认为，它也可能是一个日历，因为每当夏至那天上午，日出的光线与巨石阵呈整齐的队列，而从反方向看，刚好是冬至日太阳降下的位置。

俗话说，百闻不如一见，目睹会有分晓。据我当时的多方观察，加上有关历史背景的综合思考，巨石阵当为西方远古氏族数代人为祭祀太阳神而建立的露天宗庙。这个结论比较接近事实。

大英博物馆的稀世珍藏

在去英国探视女儿期间，有幸到伦敦参观了闻名全球的大英博物馆。半年多前，曾经去纽约观览过大都会博物馆。

两馆相较，前者建筑典雅，门面气派，厅堂开阔，所设服务柜台也相当多。走进南大门，抬头即可见到伊丽莎白二世大展厅的外观，该展厅环绕一个中央庭院建成，其中一个主要部分是刻有凹槽的圆柱和爱奥尼亚式柱顶组成的门廊。大展苑的网状穹顶采用玻璃和钢材制成，可谓气势恢宏，精妙绝伦。

但是，从内部的分类与布局来看，伦敦与纽约两大博物馆却是大同小异；不过，大英博物馆不仅收藏极为丰富，而且更加注重诠释，它在历史和科学上的考察使其具备了一种与其广博的收藏相应的跨学科研究手段，从而无愧于成为当今世界文化与文明的最佳指南的角色。由于展览厅上下三层，陈列品极其丰富，参观时间又很有限，我由在英国高校工作的女儿陪同，不得不采取走马观花和蜻蜓点水两种方式，前往各个展厅或随意浏览或重点观察。

对于大都会博物馆，我曾发表过一篇随笔。因此，这里不打算对大英博物馆作一般性的概述，而是针对文明古国及与我所从事的汉语史专业有点关联的重点馆藏给予描述，以期增添读者的具体感受。

首先引起我关注的自然是文明古国之一的埃及。尼罗河下游地区和三角洲合为一体，形成了埃及王国，最早的埃及文字出现以后迅速演变为以表音为主的象形文字。在埃及展厅众多展品中有两件值得注意。一个是护身符，由合成材料上釉制成。其外部形体就像倒着的琵琶、纵横交错的十字架与竖着的权杖三者的组合，实际上是由表示“生命、安定、权力”的象形字组成。这是公元前七百至五百年王朝晚期的珍贵文物。另一个是公元前一百九十六年的文物罗塞塔石碑，石碑上刻有密密麻麻的字符。它之所以作为该馆最伟大的藏品之一，是由于它为解释古埃及象形文字提供了重要的钥匙。

其次，我感兴趣的是希腊和罗马，在大学学习外国文学时，这两个文明古国的神话传说曾经深深地吸引着我，以至于对这门课程产生了浓烈的爱好。

从青铜器早期到罗马时代，古希腊的疆土覆盖了地中海大片上地。公元前三千年左右，爱琴海的基克拉迪群岛上诞生了一种风格独特的文化，其代表性产品有简朴的大理石小雕像，属于早期斯比多思风格，与如今流行的抽象派艺术相似。这些小雕像全身直立，头部如同一个盾牌，脸部只有一个突出的鼻子，颈部颀长，双手弯曲而下臂相叠于上腹部，乳房微凸，腿部丰满，两脚并拢，五个脚趾线条分明，从雕像上遗留的颜料痕迹，还可以依稀看出五官的轮廓、一顶王冠及一边脸颊上的斑点。

在意大利半岛西部，原始伊特鲁里亚文化于公元前九世纪就初显城市化迹象。展品中有个原供奉于奥林匹亚的伊特鲁襄亚青铜头盔，头盔上有三行清晰的文字，记录了公元前四百七十四年偕王海尔隆率领锡拉丘茨人的一场海战中击败伊特鲁里亚人的事迹。另外还有一面伊特鲁里亚青铜镜，是公元前三百五十年至三百年的制品。其反面的雕画画的是神话传奇英雄帕尔修斯正在看蛇发女怪米杜莎被砍下的头颅，这是伊特鲁里亚艺术最发达的表现形式之一。由此自然令人联想起中国更早一些的青铜镜来，古代地域相隔甚远的东西方民族，其铸造文化是何其相似乃尔！

巴比伦这个文明古国的古文化展品，在国内很难见到，这次终于有机会目睹涉猎。其中有一块洪水碑刻，为公元前七世纪所制，碑刻以细密的楔形文字记载了在巴比伦流传的圣经中的洪水故事，显示了闪米特人的宗教与神话之间的共同之处。这与我国史书上记载的远古时代“大禹治水”的传说相映成趣。另有一块发现于伊拉克南部的石碑不能不特别提出，即巴比伦王国于公元前七百至五百年间所刻制的一幅世界地图，在这张独特的美索不达米亚地图中，巴比伦王国处于中心地位。这幅刻在石碑上的世界地图，令参观者大为惊叹。

在与巴比伦王国相邻的叙利亚东北部，考古人员发现了公元前三千五百年至三千年间的数百个奇特的小塑像，馆方专业人员为之命名“石膏‘眼偶’”。该塑像的底部宛如铲形，其上部刻着一双突出的类似于熊猫的眉眼。据考证，它们可能代表敬奉者并作为贡品陈列于古代宗庙。

公元前三千年左右，印度河流域一带发展起多样化的城市。一千年后，来自中亚的诺曼底人开始进入次大陆，其中有些部落使用的是印欧语言。从孔雀王朝开始，正式的书写体系建立起来。在阿育王统治期间，一系列朝廷诰文被刻在石柱上。南亚展厅里展示了这样一块公元前二百三十八年阿育王第六诰文的残片，这块残片上刻有两行清晰的婆罗门文，由左向右读。它是现代所有印度文字的先驱，因而显得十分珍贵。

最后，我们不能不提一下欧洲。在罗马时期不列颠的诺森伯兰郡文多兰达城堡，出了一片公元九十七年至一百〇三年年间的简牍，虽然由残片拼成，但仍能辨认出是克劳迪娅·希薇拉写给文多兰达卫戍指挥官太太的一张生日请帖，这是迄今能找到的出自一位妇女之手的最早的拉丁文字。还有一件有关史前欧洲的珍藏也引起我们的关注，有关展厅展示了一把下圆上尖的燧石手斧，由萨福克郡霍克斯尼出土，外观很漂亮，极像花岗石，是大约三十五万年前的产物。这说明，人类在将近一百万年前来到欧洲，同时带来了非洲祖先的石器制造技术。

类似以上所说的非常珍贵的馆藏，该馆约有二百多件，皆可列为该馆的镇馆之宝。大英博物馆有这么多稀世珍宝，岂能不亲自去参观一番呢？

辑　四

关于爱国主义的哲学思考

由于语言学同哲学、逻辑学的密切关系，在从事汉语研究的同时及余暇，我喜欢读些西方的哲学和逻辑学方面的书。有兴趣时，间或也摘录些片段，思考些点滴。

康德认为，“哲学是关于人类理性的最后目的的科学”。他在世界公民的意义上，列举了哲学领域的各种问题之后，“把这一切都归结为人类学”，即最后一个问题：“人是什么？”

要解答这个问题，首先应当弄清人如何成为人。费希特是以“自我”为基石，他指出：“我们的哲学是我们自己的心灵和生命的历史。”所谓自我，包涵绝对自我和有限自我，而绝对自我必须以有限自我的形式限制自己，有限自我则表现为作为自由存在的个人。个人自我要想意识到自己，必须将“我”从其他人当中区分开来，并承认其他个人也是理性的和个人的存在。因为“我”的自由只有在共同体的共同活动中才能实现，才能将我自己归属到唯一的无限自由的总体中去。于是，当人还没有达到只从道德动机方面尊重他人的自由时，国家这个作为自由的创造者与体现者就成为必然的。在国家的强制力量中，每个公民都可以实现自己的自由而不妨碍他人的自由。因此，费希特在《告德意志国民书》中宣告，热爱祖国就是对永恒自由，对整个民族的永恒自由的追求与奉献。

黑格尔同时继承了康德与费希特的思想并加以发展。他将康德的作为

—种能动属性的自身否定的“自在之我”，从单纯的主体性提升为独立的主体，使之成为内在世界对内在世界的直观。因而所谓“自我意识”也就是否定之否定，表现为对自身的不断追求。而她所追求的，也是她自己否定的对象，即自己的生命。同时其追求过程本身即为生命，它取消了它同它对方的对立，而唯有通过它的对方才是它自己。而这有限的生命又在力求上升为无限的生命，于是“我”就成为“我”的共相，即“我们”，即“类”。

马克思论证了“自然界的人的本质只有对社会的人说来才是存在的”。因为只有在社会当中，自然界才将人联系在一起；只有在社会当中，自然界才是人的存在的基础；也只有在社会当中，人的自然的存在对自我来说才是自我的人的存在。“而自然界的完成了的本质统一，是自然界的真正复活，是人的实现了的自然主义和自然界的实现了的人道主义。”归根结蒂，作为具有自然力、生命力的肉体的，现实的、感性的人，只有凭借现实的、感性的对象，才能表现自己的生命，而同时自我本身对于第三者也成为对象。

由此可见，人正是通过为别人存在，同时别人也为他存在而组成社会，在这里，人作为“类”共同实现着自己的终极关系。社会则为了保障公民的权益，调整全民的利益而形成了国家。于是爱国便成为向往全面发展的人的自觉意愿，并且其形式更多地表现在对祖国优秀文化遗产的热爱上。

经典，远未过时

自从苏联解体、东欧转向之后，有不少缺乏历史眼光或怀有幸灾乐祸的人便以为“马克思不吃香了”，“马克思主义过时了”。他们可能不知道，西方学术界无不认可的哲学家叔本华曾说过，伟大作家的睿智著作虽然历经千年，仍无损其价值。

果不其然！根据各种媒体的报导与评述，近来从美国纽约华尔街引发的金融海啸，几乎让整个西方社会生活都陷入了恐慌，并已波及全球，经济的衰退，生活的窘迫，给人们的物质生活带来了巨大的冲击。然而恰恰在这个时候，令人意想不到的是，不少西方人却因为这场金融危机而走进了书店，重新捧起了卡尔·马克思于一百多年前撰写的经济学巨著《资本论》。目前，阅读《资本论》正在成为西方社会各阶层的一种新的时尚，不仅银行家和经理们在阅读这部巨著，甚至德国的财长、法国的总统也在翻阅马克思的著作，试图理解眼下这场金融危机给人们的经济生活带来的巨大影响及其根源。料想不少西方读者在交谈时，都会钦佩地表示：“看来马克思当年的想法是对的。”

这就是经典著作的无上魅力！包括马克思在内的经典作家的著作，无不是对当时人们所面临的普遍难题和长期困惑的思考与解答，其中包含着先前贤哲的特有的睿智和深刻的启示。阅读经典，就是汲取他们的丰富经验和伟大智慧，用以解决现今社会所遇到的问题与疑惑。经典作家思想之深刻和眼光之深远，是一些平庸之辈、世俗之人所无法理解的。

大凡读过《资本论》的人都不会不知道，这部巨著的主旨，就是以资本生产过程中的剩余价值研究为起点，从而揭示了现代社会经济运动的规律，揭露了资本家最大限度地赚取剩余价值的本质，阐述了资本主义制度的发展与必然趋势。显然，那些在这次金融危机中蒙受惨重损失的投资人在捧读《资本论》，是要从中找出“自由”资本主义失败的根源；而西方大国的执政者或政治家在研读这部巨著，是要从中探求补救这场金融危机的良药。无须怀疑，卡尔·马克思对不受约束的资本主义的批判曾经并正在得到验证。西方各大国不得不纷纷动用国家财政手段，断然采取巨额补贴措施，以挽救其濒临崩溃的经济颓势，受此牵连的东方一些发达国家也在仿效此举。这些救急措施似乎开始显现某些成效。就其实质而言，这是在一定意义上吸取社会主义计划经济以约束自由市场的某些长处。世人已经看到，马克思主义经典作家的思想和理论，再一次呈现出其固有的作用与魅力。人们相信，这不会不给他们自身的精神和信仰带来某种程度的影响与调整。难怪有些西方学者和政要指出，是西方与东方彼此重新审视对方的社会机制和经济模式的时候了。

由此我们又自然而然地联想到，当前在海内外所掀起的“国学热”是有其内在的因缘了。无须论证，在漫长的历史演变中，人类具有相同或相似的需求与渴望，也必然会面临一些共同的难题与困扰。处于各个时代前列的思想家，在长期思考与试图解决这些问题的过程中，也就积累了许多应对上述难题与困扰的共同的经验和智慧，并且以经典著作为载体，渐渐地保留与积淀在各民族传统的历史文化之中。在面对全人类所遭遇的生态破坏、心态失衡、精神危机之时，作为中华民族“国学”之物质形态的《周易》、《老子》、《论语》等古老的经典，再一次被海内外学者重新翻将出来阅读和研究，自然是毫不足怪的了。

即如被列为“群经之首”的《周易》这部最古老的典籍，它由《易经》

和《易传》两部分组成。《易经》虽是卜筮之书，但在漫长的不断冲破巫术的束缚中已孕育出哲学的意蕴，表现出对整个宇宙的终极性的关怀与解释。当时的占卜，实际上是远古之人认识世界的方法之一，其中包含着古人的生存智慧。譬如其中所揭示的“阴阳和谐”、“与时偕行”、“自强不息”、“厚德载物”，以及“乾坤、泰否、损益、剥复”等一系列对立抽象的哲学概念和范畴，都闪烁着先民观察自然与社会矛盾运动的理性的星光，其中萌发着辩证法的因素。而《易传》则完全摒弃了宗教巫术，确立阴阳观念，关注“天人和谐”，提出对“天文、地理、人事”全面协调的完整的思想体系，体现了中华民族用以解决自然和社会矛盾的特有智慧。

《周易》所提供的思维方式深刻地影响了道家和儒家。《老子》文本里常用“玄牝，母雌、婴儿”为比喻，其“道”显然取象于“生育”之道，又演化为万物出生之道。老子倡导阴柔，主张无为，即是效法母子化育、顺其自然的人伦哲学。《论语》强调“仁爱”，二人为“仁”，其义即“爱人”。“仁”即“人”，处于“天”“地”之中，如同“果仁”。我们由此自可理解，道家特别注重自然之人，或者说关注人的自然性；而儒家尤其强调社会之人，或者说关注人的社会性。《周易》云：“一致百虑，殊途同归。”在深层意义上，两家互补，儒家和道家是一致的，可统称“人伦哲学”。这与西方的“宗教哲学”大异其趣。

说到这里，我们不能不想起，一九八八年一月，七十五位诺贝尔奖获得者于巴黎郑重发表宣言：“如果人类要在二十一世纪生存下去，必须回到二千五百年前去吸取孔子的智慧！”他们不愧是顶级科学家，其宣言是提醒世人，经典作家会教给我们对历史的反思和对现实的警醒。

不该忘却的忘却

来美国生活了一段日子，见到不少美国人和在美国定居的中国人的家庭生活方式，强烈地感到他们在美国这个社会环境里所养成的好习惯与坏习性。其好习惯是重视居家环境，关注周边卫生，热爱体育锻炼，非常讲究礼貌等等；而坏习性则是无节制的超前消费，极严重的浪费现象，只顾眼前享受而不考虑未来的生活态度与生存方式。这不由得我不产生联想，去年由美国本土刮起而蔓延全球的金融风暴，与绝大多数美国居民的上述生活态度与生存方式不无关系。这种极端现实主义的生存理念，使他们在生活的追逐中忘记了生命的意义，在科技的发展中忘记了智慧的空灵，在资源的享用中忘记了对自然的尊重，在尘世的劳务中忘记了自身的本来面目。这种不该忘却的忘却，自然会并已经给自己的国家乃至与世界带来了不该带来的许多烦劳与悲哀。

究其实，人类最早只不过是想改善生活的品质而已，可是这个单纯的目标，在一味追求而不断努力改善生活的过程中却逐渐地被遗忘了。人们的这种长期的不自觉与不自省，往往在对物质生活追求的贪婪中衍生出难以抵制的各类生存问题，在自己所制造的种种矛盾中被折磨得疲惫不堪。

就我们个人而言亦何尝不是如此。人类在社会的不断发展中，其衣食住行方面比起过去不知要改善多少倍，这是人类的生活欲望不断增强而驱使的结果。无须说这当然是好事。然而改善生活的目的全在于健康地生存，而不是戕害自身的健康。这个最简单的生活常识，在人生的旅途上不幸也被我们自己遗忘了。不少人毫无节制，为了追逐个人的财富积累和物质享受，心存恶念，相互猜忌，在处心积虑地残害别人的同时，也在伤害着自己与自己的家人，造成了无数个人与家庭的悲剧。于是不少人求救于宗教，可是，上帝也无能为力。

也许，中国传统文化会给人类的生存指明一条出路。

那么，中国传统文化的精髓究竟是什么？学者们的见解并不一致。在我看来，集中一点，应当是《周易》里所表述的“和谐”思想。这种思想体现在天道和人道两个方面：前者以老子哲学为主导，即顺应自然，“天人合一”；后者以孔子学说为核心，指适应社会，“讲信修睦”。后来历代有见识的古代学者都强调要“观天道，察人道”，懂得天与人之间有因果关系，因而尊重自然，善待万物，以达到与天地合德，与四时合序；强调人与人之间要相互信任，提倡“仁爱”，心存善念，以实现人际和睦，社会协调。

上述那种极端现实主义的生活方式与生存理念，无论在哪个社会都是绝然违背天道，而又不合人道的。违背天道就是未能顺应自然，也就不可能达到“合德”“合序’；而造成“天人错乱”，自无“和谐”可言。不合人道就是未能适应社会，因而不讲诚信，为所欲为而造成“人世混乱”，亦无“和谐”可言。真正能解决世间矛盾的只能是人类自身，那就是吸取中国传统文化的精髓，即“观天道”和“察人道”，尊重自然，善待万物，提倡仁爱，保持理性，节制欲望，心存善念。只有如此，才能真正地实现人类所期望的“和谐”与“大同”。

历史须科学看待

知名作家龙应台写了一部书，名为《大江大海，一九四九》，在台湾与国外引起不小的反响。如何正确评估这部书，可暂且搁置不谈。但如何准确地评价一九四九年中国大陆所发生的重大历史变革，的确需要客观、冷静的分析。

要正确地评价大陆“一九四九年”历史事件，首先应当从中国近代历史发展的基本脉络出发，把政治领袖的主观愿望与人民大众的客观要求联系起来，而把一群政治人物当时取得的胜利与其后来所犯的历史错误切割开来，把另一群政治人物的失败与后人从中吸取教训而取得的某些成效切割开来。只有不带任何偏见，才能真正认识到：一九四九年中国大陆所发生事件的性质，是民众对独裁的胜利，是民主对专制的胜利。倘若不作如上具体的剖析，而一味强调什么“以失败者的下一代为荣”，“向失败者致敬”，那么依此类推，我们也要向二战期间德国的希特勒和日本的东条英机行施“致敬”之礼了。岂不是荒唐的逻辑？

有人认为，“从人性的立场出发，发现六十年前中华民族在改朝换代过程中，淹没了多少血泪真相”，并且大肆渲染所搜集来的“苦难”，以此来“还以历史的全貌”。且不说这样做使得全民族再把目光注视那“灾难的阴影”究竟有多少积极意义，而如果把由于“革命战争”而必然带来的某些苦难也归咎于当时的“胜利者”，那么当年法国资产阶级大革命所造成的

“苦难”而由此换来的“博爱、平等、自由”的精神，岂不也要予以否定吗？常识告诉我们，母亲怀胎十月，一朝分娩，分娩时即要大流血、有大苦难，莫非因此就要归咎于新生儿不该出生？这又是一个荒唐之举！

还有人称赞“颠覆胜利和失败的价值观，不以‘成者王，败者寇’论兴亡”。不错，“成者王，败者寇”并非科学的历史观。但所谓“胜利”和“失败”是要严格区分战争的正义与非正义的。如果不讲具体战争的性质，抽象空洞地谈论什么“胜利”和“失败”，那么，希特勒和墨索里尼之流所发动的战争，究竟是“胜利者”还是“失败者”？连这个都不去分别清楚，对这一小撮全人类的“对手”也讲什么“同情与包容”，所谓“人的尊严”、“生命的关怀”、“民生的关切”，岂不都是空谈？真所谓“痴人说梦话”也。

须知，要深刻了解中国的历史与社会，除了需要儒家的“中庸”和“仁政”之外，尤其需要道家理性的冷静和睿智。

新年愿景

本世纪第二个十年即将开头，作为一个身处异国的文化人，自然想起范仲淹《岳阳楼记》里“处江湖之远”“先天下之忧”的名句，因而给自己提出有关“中国崛起”的严肃话题。中国崛起凭靠的是什么？当然是凭靠现代化建设，但其中的内涵不仅是经济建设，而且还须有政治建设和文化建设，其中首要的是确立一种政治文化理念。就大陆改革开放以来的现状与当前所处的国际环境来看，后者也许更为重要。当然，这里所说的“文化”，不是那种狭义的，是所谓广义的“大文化”概念，其含义极为开阔。

过去史学界有一种说法，中国历代正统的封建社会统治者大都贯串着所谓“外儒内法”的治国思想，即外表上实行的是儒家那一套“仁义道德”，而骨子里贯彻的是法家“驾驭臣民”的思想，并以此来达到“治国平天下”的目的。说起法家思想，发展到战国时期“集其大成”的韩非子，所谓“法、术、势”相统一，可以说已是相当全面系统，登峰而造极了。难怪秦始皇为之“拍案而起”，赞叹不已，终究“起诸侯而一天下”。然而在今日看来，韩非子的那一套实际上是“封建法西斯主义”，自然迎合了封建专制的秦始皇乃至历代帝王的需要。处于当今世界潮流的中国，要实现现代化的“崛起”，自然要坚决摒弃封建社会“外儒内法”的那一套制度与思想。这是毫无疑义的。

那么，西方资本主义国家那一套呢？改革开放以来的实践已经表明、资本主义有其一定的长处，那就是发达的生产力、先进的科学技术、高度集中的财势、严格有序的企业管理，异常自由的市场经济和贸易等。但是，资本主义制度某些根本性的弱点也显而易见，诸如强势剥削弱势，劳工缺乏保障，一切皆由市场决定等等。正是这些才导致了近两年来全球性的金融危机和经济衰退。无可否认，中国在吸引国外先进技术和雄厚资本的同时，泥沙俱下，也受到不少负面的冲击和消极的影响。还有一点不可忘怀的，即一两个老牌大国的反华势力，或采取冷战政策，或怀有嫉恨心理。在台湾问题上从中作梗、在民族问题上故弄玄虚、甚至不无恶意地把大陆共产党政权妖魔化，就都是证明。中国政府和民众当前自然需要保持其应有的警觉性。

所谓政治建设，其核心是政治体制的建设，而其中当包括民主法制。从西方政治学的角度来说，主要内容是三权分立、全民选举和舆论监督。从过去历史发展的眼光来看，其民主的成熟度自不必说；然而，是否就完美无缺而适合其他所有各国的国情与其人民的需要呢？这就不能一概而论了。须知，西方的那一套民主体制从法国资产阶级大革命算起，也已经经历过二百多年的曲折、磨合与改进，方才达到现今的程度。诚然，民主是各国人民都迫切要求的，是当今世界前进的方向之一。但是民主的内涵与体式是否就如西方所张扬的那样，其方法步骤就那么明确，其实施效果又那么立竿见影？譬如全民选举由多数来决定这一项，从原则或理论上讲应该是对的；但并非那么简单，历史上不是也发生过这样的民主结果演变成多数人对少数人实施暴政的悲剧或民选总统大肆贪腐的闹剧吗？前者如德国纳粹上台导致法西斯专制，后者如台湾陈水扁执政把国库变为私家金库。在我们为这种低迷的“民主”嘘唏不已的同时，是否也应该反思，在追求民主体制的过程中应当避免以上悲剧和闹剧的重演呢？

众所周知，中国封建社会漫长的历史与深厚的观念，对现时的中国大陆是个沉重的负累，彻底摆脱这个包袱、实现真正的比较成熟的民主，并非易事，其进程是十分艰巨而不可急躁的。我们还应该清醒地看到，中国地域辽阔、人口众多，经济发展悬殊，文化差异巨大，法制观念淡薄，这些必然导致民众在价值取向上很不一致，有些方面甚至严重对立，很多问题不是可以用简单的投票、低迷的民主就能够奏效的。因此，对中国大陆已经运行的民主措施应采取实事求是的态度。诚然，眼下还存在不少不尽如人意之处，对此，西方的某些政治家以及怀有同样价值观的人们，应当放弃怀疑或敌视心理，而需保持应有的耐性才是。

现时的有“中国特色”的社会主义体制，就中国的国情而言，自有其存在的一定的合理性与必要性。正因为中国大陆坚持了固有的基本路线和改革开放的方针政策，才没有重蹈西方社会之覆辙，而能够从全球性的金融危机中迅速地走了出来，保持了全国经济的稳步增长。当然，其体制还很不完备，问题也很多，还需要不断地调整与改进。因为“中国崛起”的完整含义，不仅是指在经济上立于世界强国之林，更重要的是以其大文化理念引领整个世界走向“大同”。

中国是一个具有悠久传统的文化大国，这是别的国家所不具备的优势。就中国传统文化和民族精神而言，要真正不走西方以“资本”为根基的老路，应当在现有体制格局当中融入“儒道结合”的治国思想，即充分吸纳儒、道两家有关治国思想中的精髓，形成具有“中国特色”的“治国平天下”的理念。

儒家满腔热诚，提倡“入世”，讲究“义理”，注重“中庸”，主张“民本仁政，崇文尚德”。何谓“义”？就是道义、正义；何谓“理”？就是公理、情理。何谓“中庸”？即所谓“过犹不及”。道家满脑冷静，倡导“出世”，强调“天人合一，无为而治”，顺其自然，尊重生命。何谓“无为”？即不刻意追求；何谓“自然”？即原本如此。一个“入世”，一个“出世”；一个“热诚”，一个“冷静”，一个注重“道德价值”，一个关心“自然本性”：“物虽胡越，合则肝胆”，融合以上两家之思想精华来调理与规划有关治国的方略，抛却传统心态，树立新型思维，与世界接轨而坚忍不拔，展大国风范而优雅大度，凭靠自身五千年优秀文化的凝聚力和软实力，真正建立“和谐社会”，实现“世界大同”，即造就更美好的和平国际环境，以不辜负世界人民的热切期盼。此乃“中国崛起”之正确而通达的途径也。

对生命个体的尊重

以往，我们对西方社会总停留在这样的印象上，以为推崇对生命个体的尊重，容易滋生极端个人主义。此次来美国探亲，在这个具有代表性的西方国家生活了一年多，其间又两次外出旅游，所到城市不算少，经历时间不算短，接触的人和事虽然不能跟在国内时相比，但留下的总体印象却很深刻。那么最突出的是什么呢，那就是对上述印象需要重新认识，即支撑这个社会取得成效的正是对个体、对生命的尊重。这种尊重不是在口号上、在标语上强调如何如何，而是已经渗透于社会生活的各个方面。

首先引起我注意的，是几乎所有的美国家庭都十分重视自己的居家环境。各家房舍周围大体一致，前后都有一片草坪与或大或小的花园，几排树木，几株花丛，树木葱葱，绿草茵茵，花香袅袅，雀鸣声声，令人心旷神怡。整理草坪、花园则是各家都经常要干的活儿。每周的双休日，主人以及他们读中学的孩子几乎都要抽出半日乃至一天来修剪草坪，整理花园，把这种劳务当作一种体力锻炼与生活乐趣。不仅如此，他们还准备了一套修整花园的工具与肥料，如剪草机、铁锹、收集废草的大塑料袋儿之类的。当然，有些收入高而工作又特别紧张的家庭，也雇专门工人上门来修整居家周围的环境。由此而自然地联想到，每个家庭都把周围环境修整得优美舒适，那么整个社区、整个州乃至全国的环境岂不也协调有序了。

尊重个体并非只顾自身，美国人很讲究礼让。在西方社会，上班、购物、交往都离不开自备的汽车，因而无论谁驾车外出都养成了自觉遵守交通规则的良好习惯。在美国，无论是我所生活的费城地区，还是旅游时所到过的拉维斯加斯、洛杉矶、圣地亚哥、旧金山等城市，其主要干道与支道的交叉路口都竖有“stop”的标示牌，所有过往的车辆开到此处都自动缓缓地停下来，驾驶人看没有其他车辆靠近才开车前行；有时遇上别的车辆，在支道上行驶的还招手示意让对方先行。无论当时有无交通警察，也无论有无行人在场，大家都非常自觉地这么做。不仅如此，在繁华街道两边的临时停车处设有一个个很小的电视牌，上面简要标明各种具体规定，如停车时间长短、交费标准，还用各种颜色显示不同车辆及其待遇，如店家装卸货物有特定泊位与时间限制等。大家也都按规定自觉地投入硬币，遵守时间，无需任何人监督。

有两件小事也给人印象很深。美国人几乎家家都喜欢养宠物，因而每天早晚都要遛狗，或一只，或两三只。一旦宠物要排泄粪便，其主人大多用戴着塑料手套的手把它捡起来，放在事先准备好的小塑料袋儿里。无论有人没人在场，他们都坚持如一。还有一件在国内也是意料不到的，就是慈善机构几乎遍地开花，每个社区都有。我们来时还在阿杜堡小学三年级的孙女小秋莎，居然也亲身投入了慈善事业，她几乎每隔一个月就到社区附近挨家挨户地去募捐，然后一笔一笔地记下来，把钱款如数交给有关慈善机构。至于遍地开花的“义工服务”所产生的国际效应，更是众所周知的了。显然，国民的这种素养，不再是为了自身，而是对他人、对社会的一种尊重与回馈。

少儿教育十分重视个性的发展，是西方社会突出的一个方面。我深深觉得，美国少儿教育的最大特点，是十分尊重孩子的天性，崇尚寓教于乐，课程比较轻松，知识讲究“渗透”。我从自家两个孙儿的语文学习上体会到，老师与家长从不生硬地“灌输”单词，“背诵”课文，而是通过听故事、读短文、说笑话等富有乐趣的方式，逐渐培养学生们“说”和“读”

的兴趣与能力，在不断地“听说”和“读写”当中体会与掌握语言。有一点很明显，不满七岁的小孙儿每日上午九点上学，下午放学回家，家庭作业极少，要么写点什么，画个什么，要么做个什么手工，栽枝什么小花，再就是通过电视上的动画片补充学点算术。可是他的阅读量超出你的估计，他的阅读范围也使你感到意外，显然是国内同年龄的孩子所不能比的；去年虽说是刚刚读一年级，也已经掌握了简单的加减乘除。老伴儿有时表示怀疑，经常问起儿子儿媳，是否另有专门辅导，他们都笑着说，你来了四个多月也看到了，谁也没有特意地教过他，你不要拿国内小学来想象。当然，这与不同民族的语言文字有差异也不无关系，但无可否认，宽松的少儿教育方式是其取得成效的主要原因。

西方人去超市购物或在旅馆饭店住宿吃饭，都自觉地按消费比例交税、并付给一定的小费。这在国内看来往往不可理解，甚至被认为不正常，因而也是不能接受的事儿。然而细细想来，其观念正好相反，其中却深含着对服务人员劳动的尊重，是对整个社会承担的义务。有了此种消费观念，美国人包括在美国的华人，不仅乐于付出，而且也乐于接受。这种义务，不仅在一定程度上帮助了弱势群体，而且使国家得以运用税收这种手段来减缓贫富之间的差距。真正做到了这一点，就能消弭社会摩擦，有百利而无一害。还有一点，无论哪一家商场，在那儿买回家的东西，顾客如果不满意，在规定的若干期限内可以凭购货发票退货，也可以更换。我曾经多次随同儿子或儿媳去超市退货。有几次将买回的衣服刚刚退换掉，到另一家商场买到更好的，又回头到原先那家超市把衣服退掉，售货员没有丝毫的抱怨与不耐烦的情绪。每次走出商场，想起国内与此截然不同的情形都令人感慨不已。

当然，这绝不是说美国社会已经完善，相反地，缺陷还相当多。这里只是强调，不能把所谓崇尚个体与强调集体对立起来，不能让形而上学在头脑里作怪。社会集体是由个体组合而成的，无视大多数个体，对其生命不尊重，何来对集体的重视？以往国内那种“集体至上”的观念，缺少的就是让社会的齿轮正常运转的“润滑剂”。如前所说，美国社会虽然尊崇个体，但是也兼顾群体，他们不但有大大小小的社区机构，还有各种各样的社团组织，一旦有什么需要，这些社区和组织就会行动起来，其速度之快，效果之巨，有时也会让你感到意外。当然，尊重生命个体也不可以走极端；走了极端，就会无视集体利益与社会需要。然而，对生命个体的尊重，是一个社会机能有效运转的基础，也是本世纪文明程度的一个标志，万万不可掉以轻心。

历史总站在思想家一边

上个世纪五六十年代，文学界曾经流行过一种“形象大于思维”的说法，是指文学家所创造的人物形象，尤其是其中的典型形象所反映出来的社会意义，要比创造该形象的作家原有的想法广阔得多。譬如《红楼梦》里的贾宝玉，其形象的客观意义，自然要比其作者曹雪芹创作这个人物形象时所想要表达的开阔得多。从社会意识形态之一的文艺学领域来说，这是没有什么异议的。然而，从领域大得多的社会学和历史学的角度来看，一个作家，纵使是伟大作家，其眼界毕竟是有限度的，其所意识到的社会使命也毕竟是有局限的，因而他们创造的人物形象所反映的社会意义，也必然受到其当时思想的限制，不可能比同时代的某些高瞻远瞩的思想家或哲学家视野更宽广，思考更高深。

最近在中国出现的一件本来是很正常的事情，却引起了世界各大媒体强烈的反响。元月十二日，在中国天安门广场东侧新扩建的国家博物馆门前竖立了一座铜铸孔子雕像。这座雕像高达九点五公尺，孔子双手合于胸前，目光深邃，仪态万千，其整体造型象征一座文化泰山，让人们确切地感受到“高山仰止”。其实，这个再正常不过的举措，无非是中华文明大国再次向全世界展示其自身的文化责任和精神力量。

众所周知，在中国“百家争鸣”的春秋战国时代，产生了作为中华民族传统文化和崇高思想标志的“诸子百家”，可谓群星璀璨。其中排在最前列的古代哲人是老子和孔子，他们所代表的道家和儒家的自然哲学和社会哲学思想，不仅养育了整个中华民族，甚至滋润着整个世界的历史与文化。由于孔夫子主张“入世”，加之西汉武帝“罢黜百家，独尊儒术”，因而以孔子为代表的儒家在中国漫长的封建社会产生了无与伦比的巨大影响，而且这种影响逐渐扩大到整个世界。

伟大的思想家在历史进程中往往会遭到一些厄运，孔子也不例外。先是一九一九年“五四”时期，一些启蒙者和领军人物带着某些激越的色彩，提出过打倒“孔家店”的口号，不加分析地否定孔子及其整个的思想。这本来没有什么奇怪，他们要“矫枉过正”。“五四”时期的风云人物在对待传统文化的态度上显然走过了头，须知，真理朝前走半步即成谬误。将近半个世纪以后，“文革”十年刮起了一阵大“革”文化“命”的歪风，所谓“横扫一切牛鬼蛇神”，否定所有传统文化。不言而喻，那是一小撮阴谋家与一批无知者挑起的一种混淆是非、颠倒历史的极不正常的举动。这早就已经被拨乱反正了。

其实，孔子本人的崇高思想在中国乃至世界善良人们的心中何尝被抹掉过？他的“世界大同”的理想，“过犹不及”的哲学，“政者正也”的政治思想，“仁者爱人”的博大情怀，“有教无类”的教育理念，构成了完整的思想体系，人们不会只着眼于他说过的某些片言只语。思想的光辉是任何历史的乌云都遮挡不住的，孔子依然是后人膜拜的丰碑。其雕塑竖立在天安门广场，不过是中华文化再次崛起的体现。

写到这里，自然而然地联想起法国拉丁区的先贤祠，原先是座教堂，一八八五年被正式确定为安葬已故伟人的处所，于是就由上帝的天国转变为人间的圣殿。入内参观的人们络绎不绝，他们都知道，安放其间的伟人有：卢梭、伏尔泰、雨果、左拉以及居里夫人、皮埃尔等等，却没有人们熟知的巴尔扎克、斯丹达尔、莫柏桑、缪塞、莫奈等这些著名文学家的位置。这似乎有些出人意料。

然而再深入思考也就觉得并不奇怪，这是要提示后人：先贤祠所敬奉的伟人，并不注重他们生前的很高声望和某些领域的累累硕果，而是他们所具有的非凡思想和崇高精神。譬如响彻云霄的“自由、平等、博爱”精神，就是由启蒙思想家卢梭奠定的。这些伟人是世间真理的化身，是撑起法国民族乃至人类精神大厦的擎天巨柱。如此看来，先贤祠才是整个法兰西的灵魂。

我们再回到中国。一九一九年“五四”时期，中国出现了高举“民主政治、科学理性、个性解放”的大旗，揭示现代科学、民主新篇章的一批巨匠，鲁迅、陈独秀和胡适之是其中杰出的代表。他们的哲学社会政治之深刻思想，不仅在中华大地，而且在世界范围都有着极其广泛的影响。无独有偶，在上个世纪五十年代所掀起的批判与否定所谓资产阶级文人胡适，过了三十年又重新予以评价之后的八九十年代，居然有些自不量力的“时尚”人，发起一股诋毁鲁迅思想与人格的所谓新潮，妄图否定这位中华民族的“民族魂”。他们哪里知道，鲁迅是一位最具深刻思想、最有文人气质的中国现代作家，同时也是一位最能代表中国富有生命的传统文化的思想家。孔子否定不了，鲁迅也同样否定不了，因为他们的思想与人格都是中华民族传统文化精神的代表，是不同时代民族灵魂的象征。有位西方政治家如此表述过：许多历史事实无可争辩地说明，思想的力量远比政治的力量强大得多。这就是说，只有先进而深刻的思想，才能为人类树立真正的丰碑！

扬弃向来是历史的普通法则，应当张扬的终究要给以张扬，摒弃的毕竟要予以摒弃。历史始终是站在思想巨人一边，这是人类社会颠覆不了的铁的规律。

我“读”爱因斯坦

本文标题所表示的，并非阅读爱因斯坦的科学著作，我没这方面的专业知识；而是“读”爱氏的一幅大照片。

当然，我知道袁枚《随园诗话》里说过：“画家有读画之说，余谓画无可读者，读其诗也。”意思是说，“画”不能“读”，只能读画上的题诗。近世著名作家梁实秋赞赏此说很有见地。“画”尚且不可读，何况照片乎？然而，我却不以为然。“读画”与“看画”属于两个不同的层次：“看”属于一般表面的观览；而“读”却有解读和领悟之深意。大凡一幅好画，其意境另有所在，着意点在于读画人的情感和理念，亦所谓仁者见仁、智者见智也。实际上“读画”与阅读小说、欣赏诗歌并无二致。

众所周知，达·芬奇的油画《蒙娜丽莎》，就曾引起众多观览者的百般猜想，这就不是一般地看看了。若是一般的看则别无深意，油画里无非一个微笑的女子而已。如果探索画中那位女子的笑的微妙，不同的观赏者自然会有不同的解读：或以为甜蜜的笑，或以为满足的笑，或以为神秘的笑，或以为傲慢的笑。各人都品味其笑之微妙而心领神会，这就是“读画”了。又譬如我们站在巴黎罗浮宫《最后的晚餐》这幅壁画的面前。泛泛看去，不过是耶稣及其十一个门徒在聚餐罢了。若再仔细观览，那就不会不觉察画中十二个人物各有组合，各有表情，他们各自在想些什么，相互之间又在谈些什么呢？你看，画家把这群人物大致分为三人一组，其画面毫不零乱；正中的耶稣庄重坦荡，而坐在桌子左边的那个犹大表情紧张，动作猥琐；其余各人似乎在指指点点，窃窃私语，目光有意无意地朝向那个坐在边上的犹大。“读者”立即会想到这个犹大似乎做了什么见不得人的事情。如果再联系《圣经》所提供的背景，还可以作进一步的解读。

一幅绝妙的画如此，一副摄影佳作又何尝不是这样？我儿子读大学物理系时，就非常崇拜大物理学家爱因斯坦，为此他后来报考了理论物理专业的研究生，留学美国仍然坚持这个学科。工作时虽然未能如愿继续研究这个专业，但至今对爱氏依然怀着崇敬的心情。近二十年，家里还珍藏着一幅用金边玻璃框装饰起来的爱因斯坦的大照片。对于这位科学家，除了他的“相对论”之外，我是一无所知。至于爱氏的两幅经典照片，世界各地都能见到，我头一次看见时就立即引起注意，但究竟是什么吸引着我，当时只是朦朦胧胧的感觉。

这次到美国探亲，在儿子家住了将近两年，几次见到爱因斯坦的其中一幅大照片，不知怎么，又引起我的再三关注。是的，照片很值得我们去凝神关注：那一头蓬蓬松松、乱乱糟糟的毛发，宽阔的额头上刻着五六道深深的皱纹；一个似乎从来没刮过髭须的厚实的下巴，嘴唇上边未曾修剪的胡子细密拉杂；一件敞开领口而略带松垮的旧西服，领带不经意地套在衬衫外边；鼻梁上低低地架着一副老花眼镜，眼镜上方那一双大而深邃的眼睛尤其吸引着我久久注视——那一对炯炯发亮的目光，明明是在逼视着整个世界，一心想要洞穿一切似的。每次见到这帧面貌清癯、略带严肃的照片儿，总觉得里面隐含着什么，开始说不清楚，最近看得多了，突然有所领悟：这位伟大科学家身穿的那件旧西服里面，不仅怀有一颗大如宇宙的心脏，而且这个大脑袋的老头儿是要告诉世人一种做人的哲学。我的理解，照片里的老头是要告诉世人，“天助自助者”，做一个衣着随意但一定要诚实正直、勤奋思考而胸怀世界的人，这才是最自然的一种生活态度，也是最科学的一种生存方式。否则，过分的讲究外表，不仅不自然、不科学，而且由于表里不一，上天不但不会帮助你，或许还要你付出代价，甚至是昂贵的代价。爱因斯坦的另一幅大照片，记得嘴里还含着一个大烟斗。无论是哪一幅，都显示着他的精神风貌和人格价值，这就是我所“读”到的深刻含义。

写到这里需要强调的是，笔者并非由于了解爱因斯坦的科学理论贡献及其在国际科学界的地位，才产生以上的“读解”的。绝非如此。我是学文科出身，教的一直是古代语言文字学，对自然科学可以说一窍不通，更别说理论物理了。

我也没看过有关爱氏的生平事迹的文字介绍，也没向学物理的儿子了解过关于爱氏的任何情况。要说看了伟人的头像而引起过内心触动的，此前也只有两位：一是德国的思想家卡尔·马克思，一是中国的文学家鲁迅。而从爱氏经典照片里“读”出以上感言并形诸文字的，这在我一生中还是头一次呢。

阅读过中国古代史的人都知道，史家有所谓“微言”之说。何谓“微言”？其中有蕴藏可以发掘，有同声可以共鸣。书如其人，画如其人，照片更是一如其人。我以为，人们经常见到的爱因斯坦的那两幅经典照片，反映了这位科学巨人的高贵气质和完美人格。请你多看几眼吧，必定会“读”出其中内在的品位的。固然，那位摄影师捕捉到了照片主人的那副神情，但毕竟是爱因斯坦本人眉宇间就具有那种质朴、那种才具、那种气韵、那种酣畅。如果本人没有这些固有的品性，摄影师技术再高超，那是怎么也反映不出那样的品位来的！

你是专为这位科举巨人写照么？必定会有人提出这个问题。是；也不完全是。说是，爱因斯坦的经典照片，让我想起一块刚毅的岩石，风霜雨雪侵凌，时间空间剥蚀，都在他脸面上遗留下痕迹。说不完全是，因为中国也实在需要出现这样的科学理论巨匠啊！

［作者追记］　据日记，本文于二月二十日写定。正待发给《海华都市报》之时，见刚出版的第二百一十三期上有一篇《美国联邦调查局调查爱因斯坦秘事》，并赫然附有一张爱氏的照片。照片中的老爱因斯坦头发零乱，两眼圆睁，还伸出长长的舌头来。看去简直就像一个小顽童，谁见了都会忍俊不禁的。这使我又增加了一层解读：阿尔伯特·爱因斯坦不仅是一位对人类有着巨大贡献的科学家，而且是一位德高望重的人道主义者和国际主义者，就是这样一位思想巨匠，却怀有一颗赤子之心！这尤其难能可贵啊！

胜利当低调，失败应自尊

台湾知名作家龙应台出了一本《大江大海，一九四九》的书，在海内外引起了巨大的反响，正如《世界周刊》的记者和有些读者所形容的，在台湾海峡刮起了一阵“龙卷风”。这阵风几乎把海峡上空的白云蓝天刮得昏天黑地。今年元旦过后不久，《世界日报》又借其庆祝创刊三十五周年之际，邀请这位既会创作，又会演说的女作家，在纽约林肯中心发表“华人世界的大江大海”的演讲，把这股“龙卷风”刮到了纽约，可谓“借东风”而“刮西风”，也正如《世界周刊》记者所说的：“轰动华人世界，形成一个关注一九四九时代的‘运动’”。记者还说，这位以其女性特有的言辞和柔性，对她所掀起的这场“运动”表示“满意”，并主动提出，“世界日报创刊四十周年时，预约林肯中心再度合作”。这表明她对自身已经取得的巨大成功还感到不满足，还要再刮一次甚至两次“龙卷风”才过瘾。

其实，这本身并不值得大惊小怪。因为时代毕竟大变样了，人们需要有一个新的故事与一种新的意识来填补或改换他们内心的空荡。但是，出乎意料的是，大陆有一个曾任《中国青年报》资深记者的卢某，在读了她的书之后，居然写了《一个胜利者后代致一个失败者后代的信》给她，说什么：“一九四九年中共是胜利者，国民党是失败者；二〇〇八年，国民党靠选票重新执政，完成了现代政党的转型，并推动完成了台湾社会的民主化转型，而共产党仍然是一党独裁。在这个意义上，中共还能说自己是胜利者吗？……在这个意义上，你作为国民党老兵的后代，有资格引以为荣。而我作为共产党老兵的后代，唯一能做的事情，就是向你和你们脱帽致敬。”不仅如此，卢某人还希望龙应台公开回答。

这个“共产党老兵的后代”，忏悔到如此低三下四的程度，倒叫人感到有些惊讶了。一个具有历史感的文化人，无论是属于哪个党派的，可以改变自己原来的信仰和立场，可以背叛自己的过去与先人，但绝不可有意识地抛却应有的人格尊严，不可对先人曾经为之唾弃的过去顶礼膜拜，更不可丝毫不顾历史与现时的区别而卑躬屈膝；即便是俘虏也罢。那样做，不仅仅是辱没了过去曾经奋斗一生的先人，同时也是侮辱（不只是“丧失”）自己。难怪这位女性作家很有心计地把这个“真实的故事”特意安排在这次公开演讲中，并在讲台上朗读了她书中的这样一段话：

“我不管你是哪一个战场，我不管你是谁的国家，我不管你对谁效忠、对谁背叛，我不管你是胜利者还是失败者，我不管你对正义或不正义如何诠释，我可不可以说，所有被时代践踏、侮辱、伤害的人，都是我的兄弟、我的姊妹？”

说得多么动听，简直要催人泪下。就如同一名到处布道的传教士，怎么能不打动人心而令人跪地忏悔呢？记得作者自己也曾多次强调，她的那本书“是她个人对一九四九的关注，一个‘片面故事’，而不是一本历史著作，因题目太大，大到她不能驾驭，不能‘以偏概全’”。这才是诚恳的态度。既然如此，这本书的读者应当细心体会：不是吗，我们不能忘记，从鸦片战争以来的一百多年，中国这个国家及其人民是怎么艰难地走过来的。

如果站在历史的高度，以客观冷静的心态来看一九四九的大变革，那么，大陆共产党后来犯了不少重大的过错，在将近三十年里实行过激的政策，几乎把国家拖到崩溃的边缘，那是因胜利冲昏头脑的结果；而国民党退居台湾以后，在海峡彼岸改行和缓的策略，取得了某些成功，那是从失败取得教训的缘由。何况近三十年来大陆实行改革开放的政策，拨乱反正，已经取得了历史性的成就呢！

然而，刮起“龙卷风”的这个龙女在纽约的这次讲演，与她本人多次所宣扬的所谓“片面故事”、“不能以偏概全”，似乎有不小的距离。这一次，她似乎在显示她那本书的无限影响，在证明她个人的巨大“胜利”。是的，文化的柔性力量有时是很强大的，能够使人不顾人格而痛心疾首。无怪乎她对自己在纽约的这次演讲感到非常“满意”，不自觉地陷入自我陶醉的状态了。

笔者在将近五十年的教学生涯中，曾经钻研过中国上古的经典文献，还比较了解作为中华传统文化标志的道家和儒家学说的精髓，深知“天人合一”“顺应自然”“中庸之道”“与时偕行”的理念。因而刻骨铭心地感到，任何过激的观点与偏颇的情感都无助于构成和谐的大环境。为此，一年前曾写过一篇《历史须科学看待》的评论，表明无意评价龙应台女士的那本书，而是针对一些不太正常的反应与炒作予以提醒：风从哪里来？风向有时像小溪流水，而有时像锋利快刀。就人性而言，通常需要点起明灯，点灯能照亮世界，促人奋进；刮起风沙会带来悲剧，令人丧气。

最后再次声明，本文绝对无意否定这位知名作家，不，她很有才气，很有魅力；我只是希望她获得了巨大声誉之后低调一些，因为“盛名之下，其实难副”。我所鄙夷的，乃是那些个只读了别人的一本书（而且还不是真正意义上的历史著作），或者听了有些人的过分渲染，便不假思索地予以无限抬举的人。须知，一再刮起这种“龙卷风”，是在戏弄和践踏严肃的历史啊！

信仰的力量

《灵光沐微尘》一书的作者，中国基督教信义会荣誉牧师张力，是我老伴儿在台湾的远亲，现全家定居美国。他于去年十二月中旬给我们寄来了他的那本刚由信义会出版的自传体的书。在该书中，他恳切地叙述了他的身世与家学，他生命里的悲欢与离合，真情地描写了他一生信仰中的感人经历，以及在此过程里基督是如何奇妙地感召并引导他，使他成为一位忠实的仆人。这里不无传奇的色彩，一个由军报记者到传道牧师的真实的故事。读后不能不深受感动。在这里，我想从非宗教学的角度来谈几点真切的感受。

首先扑入我眼帘的，是取得很巧妙的书名。它虽然摘自《圣经》，却十分符合作者的现时身份，而且只要读过，一定会觉得与作者的整个经历非常贴切，其内涵是要求世人学会感恩与洁身。

展开这本书让我难于放下的，是因为它的行文十分流畅灵动，具有极强的可读性。作者在担任专职的牧师之前，一九四七年曾在台湾担任过《精忠报》的记者，其文字自有其深厚的功底，并非如一般坊间所流行的信徒所写的枯涩的、千篇一律的传教宣传读物。开头“家世”一节，寥寥数语即十分生动地描绘了作者出生地的宁静幽美的自然环境，令人向往。接着，非常概括地介绍了他的“家世”与族谱，读来丝毫也不感到枯燥。“慈母与贤妻”和“认罪悔改”两节，不仅是向读者交代自己的“家世”，而且在于讲明日后成为基督信徒的家庭背景与个人因缘。

此后，读来引人入胜的，是这本自传之字字句句都紧扣主旨。作者写作此书，绝不是“自以为义，荣耀自己”，全书的构架和内容都在于“彰显”耶稣基督的恩德。用作者自己的话来说，完全是为了“荣耀主，帮助人”。所有的叙述，没有一点生搬硬凑，而是用具体而又生动的事例，如同小溪流水般自然而然地流淌出来的。这也是它深深打动读者的因缘。

正是这种因缘，让我想起西方的感恩节。在美国的友人告诉我，感恩节原本并非宗教意义上的节日，而是为了感谢一群英国清教徒登上美洲大陆后，当地的印第安人帮助他们生存下来的恩德的。据有关资料，说是一六二〇年，一群反对英国宗教迫害的清教徒带领家人一百〇二人，搭乘小船从英格兰的南安普敦港出发，漂洋过海，途中遭遇狂风巨浪，历尽千辛万苦，终于抵达新大陆，从现在的马萨诸塞州普利茅斯港上岸。不久即遇暴风雪，不少人在饥寒中病逝，仅剩下五十余人活了下来。在当地印第安人的帮助下，这些清教徒学会了狩猎、捕鱼和种植。到了秋天，种植的玉米得到大丰收。这批新移民为了感谢上苍的保佑和当地原住民的帮助，举办了感恩餐会。这就是感恩节的由来。

是的，因为有了印第安人的善行，才有了第一批英国移民的存在；由于有了当初移民们辛劳艰苦的开发，才有了后来美洲的逐渐繁荣与兴盛。对今日的美国人民来说，当初印第安人与第一批英国移民的恩德堪比天地，怎能不铭记于心呢！有一点无可否认，原来不具有宗教意义的感恩节，却具有一种宗教的情怀。这也是西方民间为何那么重视感恩节的缘由。

我并非基督的信徒，但少小时受过教会学校的熏陶，到了老年内心深处也有着一种宗教的情怀。因此我坚信，宗教，尤其是基督教，在净化人们的心灵、维护社会的安定和谐方面，起着一种特殊的、无可替代的作用。宗教信仰，不同于别的信仰，它有一种超自然的力量，不仅能够教人“修身齐家”，而且在“治国平天下”方面也起着某种协调的作用。在阅读《灵光沐微尘》的过程中，你会时而感觉到，其中所表达的不少观念和情感，与中华传统文化中的某些因素，诸如忠诚、善良、质朴等，尤其是儒家的某些核心意指，具有异曲同工之妙。

胡适之和陈独秀

有天傍晚，独自闲坐在电脑桌旁，张开翅膀的思想不知怎么地飞向了胡适之和陈独秀的一张穿着长袍马褂的合照。他们两位都是中国现代史“五四”时代的风云人物，是二十世纪初期新文化运动的先驱者和倡导者。当年，陈独秀在国内创办《新青年》，胡适之则在美国积极呼应，发表系列文章，首创文学革命。然而后来二人分道扬镳，结局迥异。莫非是命运在捉弄他们吗？想来似乎是，又似乎不是。如若大体了解他们的生平你就会觉得，是其秉性气质、学识素养、社会环境所决定的。本文仅就二人各自的特长说一点感受。

先看胡适之，给人的整体印象是：一副金丝眼镜，一身青布长衫，是散文大家，极富文人品性。上个世纪三十年代，他的好友徐志摩因飞机失事而遇难，他写了一篇《追悼志摩》，其中有这么一段：

> “我们初得着他的死信，却不肯相信，都不信志摩这样一个可爱的人会死的这么惨酷。但在那几天的精神大震撼稍稍过去之后，我们忍不住要想，那样的死法也许只有志摩最配。我们不相信志摩会‘悄悄的走了’，也不忍想志摩会死一个‘平凡的死’，死在天空之中，大雨淋着，大雾笼罩着，大火焚烧着，那撞不倒的山头在旁边冷眼瞧着，我们新时代的新诗人，就是要自己挑一种死法，也挑不出更合适、更

悲壮的了。”

了解徐志摩这位“新诗人”的都知道，他有一首脍炙人口的《再别康桥》：

悄悄的我走了，
正如我悄悄的来；
我挥一挥衣袖，
不带走一片云彩。

联想以上所引诗句，再来读一读上面那一段文字，我们不能不惊叹如此神奇的笔法。孰料悼文还居然有这么一段结尾：“志摩是走了，……他不曾白来了一世。我们有了他做朋友，也可以安慰自己说不曾白来了一世。”如果没有文人独特的情怀和文学深厚的功底，是绝不会有如此不同凡响的大手笔的。

当年的胡先生不仅怀有文学的情趣，而且还具有文人的胆识。他于一九二九年发表的一篇《人权与约法》，为了民主与自由，为了人权与法治，居然敢于冒犯国民政府主席蒋介石，敢于批评“中华民国”的“国父”孙中山。为此，招致“党国”严惩而被撤去大学校长的职务，表现出了新文化人的人格力量。

还有一篇散文涉及“创造”与“模仿”之关系的问题，他的见解也颇能体现其独有的个性：“凡富于创造性的人必敏于模仿，凡不善于模仿的人绝不能创造。创造是一个最误人的名词，其实创造只是模仿到十足时的一点点新花样。一切所谓创造都从模仿出来。新名词的模仿就是旧名词的‘学’字；‘学之为言效也’（笔者注：学就是仿效的意思）是一句不磨的老话。不肯学如何能创造？孔子说的好：‘三人行，必有我师焉：择其善者而从之，其不善者而改之。’这就是一个圣人的模仿。”开风气之先的胡适之，居然强调“模仿”的功效，似乎出人意外，但又在情理之中。这对现时好谈“创新”的年轻人，无疑是一帖清醒剂。

再看陈独秀，对他的总体感觉是：一身笔挺西服，一双铮亮革履，是政论高手，颇具教授风度。他在“五四”时期所发表的许多政论性的文章，见解深刻，分析透辟，大家可能都有所了解；但他晚年虽穷困而不潦倒，居然在锒铛入狱之后还研究起文字学来，就并非一般人所知道的了。据我所知，独秀先生在这方面颇有成就，还留下了不少古文字与说文学方面的学术著作呢。因为所涉内容非常专业化，不便多说，这儿仅举一斑以窥全豹。

早在二十多年前，国内学术界曾就关汉卿之杂剧《望江亭》第三折里有“持鱼”之说，展开了一场热烈的讨论，大致有三种说法。一是认为“持”字应写作“治”，是“剖鱼腹、刮除鱼鳞”的意思；二是根据《说文解字》对“鱼”＋“刀”旁之字解释为“楚人谓治鱼也”，认定该字应当是“持鱼”这个意思的本字；三是赵元任于《中国话的文法》也举有此例，只是“治”写作“凌迟”的“迟”字。孰是孰非，难有定论。

为了教学的需要，我曾去校过期杂志阅览室查找大量资料，包括上世纪三十年代的《东方杂志》，上面就有连续刊载的陈独秀所撰写的系列考证《实庵字说》。其中一九三七年第三十四卷一篇，陈氏针对《说文》就“尸”下加一“辛”字解析为“从尸辛声”，而予以纠正说：“从‘尸’从‘辛’。从‘尸’与从‘人’无异，‘辛’乃像刑人之器。‘人’陈‘辛’旁，刑人之象。”陈独秀认为，《说文》解为形声字是错误的，应当是个会意字，意思是“刑杀”。陈氏的说法完全正确。因为我另外举出了“辟、宰、辜、妾、皋”等含有“杀戮”义的字皆从“辛”可以证明。“尸”下加“辛”即“刑辟”之“辟”，初为一字，以后分化异读；后世所谓“凌迟处死”之“迟”，即保存该字之音义。陈独秀之考证证实，《望江亭》之“持鱼”以及“治鱼”、“迟鱼”皆为“杀鱼”，即“剖鱼腹、刮鱼鳞”之义。其“持、治”都是假借字，本字当为“尸”下加“辛”之字。一部《实庵字说》，其真知灼见比比皆是，具有相当高的学术价值。

我之所以同时想起胡、陈二位，首先是由他们之间的一个令人感慨的小故事而引发的。上世纪三十年代初，冯玉祥，李宗仁等与蒋介石展开了一场浩大的“中原大战”，胡适之同情反蒋阵营，因此蒋明确反对胡出任清华大学校长，蒋与胡适之关系一直处于紧张状态。过了两年，前中共领导人陈独秀被捕，本当进行军法审判，胡适之随即通过翁文灏要求蒋介石改为司法审判。蒋吸取以往教训，开始注重网络外交与教育方面的人才，便接受了胡适的上述请求。这件小事说明，尽管胡、陈二人在政见上不相与谋，但依然保留着过去曾经交往过的心结和情怀。一个不愿苟同，一个惜其才学，这当然是他们二人崇尚真理、敢于直言之执著秉性所致使，确实非常之难能可贵。

由此我联想到美国著名记者埃德加·斯诺所撰写的《西行漫记》，书中记载延安时期的毛泽东回忆自己青年时期生活时说过，那时他“非常钦佩胡适和陈独秀的文章”，把他们当成学习的“楷模”。我想，这是十分自然的，胡的文章充满“文学之情趣”，而陈的文章具有“政论之理趣”，两人在当时中国的思想文化界都有着巨大而深刻的影响。最终政见不合，命运多舛，却情结犹存，并且在各自的文学创作和文字研究上都有不同凡响的成就。

对我而言，还有一层，他们二人都是安徽人：陈独秀是怀宁人氏，旧属江北安庆府；胡适之是绩溪人氏，旧属江南徽州府。其府名的头一个字合起来正好是“安徽”省名。著名史学家章学诚于《文史通义》曾谓：“才、学、识三者，得一不易，而兼三尤难。”而在我看来，胡、陈两位老乡是“才能、学问、识见”三者兼而有之的。于是就产生了一种设想：当年政治找上他们二人，或许也是一种“历史的误会”吧。

读书与治学

半年前，安徽大学校报发了我的一篇短论，题名《关于爱国主义的哲学思考》。此后便断断续续地有本系和外系的本科生、研究生登门来探讨有关读书与治学的问题。这也许是由于我从事汉语史专业的教学与研究，却写起这么一篇短文的缘故吧。虽然读了几十年的书，也治了几十年的学，但要专门谈论如何读书与治学的问题，还真有些为难起来。当然，毕竟是过来人，体会总是有的，这就是要注意分清泛读与精读两个不同的层次，区别求学与治学两个不同的领域，并且根据自身的基础和能力辩证地处理好它们之间的关系。在这方面，并不存在一个适合任何人的固定模式。

在大学里学习，自然是求学阶段，尤其是低年级，是打好专业基础的最好时期。在这个阶段，只要课程安排是科学的，参考书目是精选的，那就应当结合专业学习认真阅读一些指定的参考书，不可偏废。在大学本科，也有治学的成分，不过所占比重不大，当以求学为主。到了攻读硕士学位的阶段，那就开始由求学向治学过渡了。即使到了治学的阶段，我觉得仍然需要处理好求学与治学之间的关系，摆正“通”与“专”的位置。如果说在求学阶段是以“通”为主的话，那么在治学阶段则以“专”为主了。

被著名文字学家姚孝遂先生评价为“学问渊博”“思想敏锐”的李学勤先生曾说：“我是最主张读常见书的。常见书还没有读，却一味去猎奇求异，绝非善读书者。每个人生也有涯，尤其是处于现代社会，时间有限，读书应当分别精读、泛读……精读能够培养良好的学风。”在从事专业研究的治学阶段，要“精读常见书”，这就是李先生对我们的忠告。什么是“常见书”？李先生以《资治通鉴》为例说：“一种高度发展的传统文化，必然拥有若干足以垂之久远的著作，为想了解、研究、继承这种文化的人们所必读。”近四十年，我就是循着“精读常见书”这条途径走过来的，虽然当时我还不知道李学勤的名字。所谓“精读”，我的体会是：一要认真，二要反复，三要思考。这样说来，精读也就是某种程度的学术研究。久而久之，自然会养成一种严谨务实的学风。至于泛览的书，其范围不妨扩大一些，目的在于开拓眼界，活跃思路。但是一个人的精力毕竟有限，要珍惜它，也不能泛览大多。无论精读与泛读，都不可以投机取巧，否则损害的还是自己，不仅眼下觉察不出来，如果日后无心，也许一辈子也感觉不到，而当日的损害已经悄然侵蚀了你的学术肌体。

读书也好，治学也好，都应当树立良好的学风。这使我很自然地想起为学术界所推崇的唐兰先生。他曾在其《古文字学导论》里为古文字研究订了六条戒律：一戒硬充内行，二戒废弃根本，三戒任意猜测，四戒苟且浮躁，五戒偏守固执，六戒驳杂纠缠。对照目前的学界，唐兰先生当年的教导适用于任何一个领域，哪里只是文字研究呢？时下治学最值得警惕的是浮躁风气。

浮躁之风一长，不仅书读不下去，治学治不起来，甚至危害我们的教育，危害我们的学术。

材料与理论

《读书与治学》一文刊诸《安徽日报》后，没料到还有安农、科大的几位研究生也来函询问有关治学问题。如何治学，这实在是一个大而无当的严肃话题，借用眼下时髦的词语来表述，就是一个“系统工程”，远非一篇短文所能说清楚的。讲到治学的根本问题，恩格斯早在一八八六年说过的一段话对我们会有启发：“直到上一世纪末，自然科学主要是搜集材料的科学，关于既成事实的科学。但是在本世纪，自然科学本质上是整理材料的科学，关于过程，关于这些事物的发生和发展以及关于把这些自然过程结合为一个伟大整体的联系的科学。”

始而“搜集材料”，继而“整理材料”，这就是“把这些自然过程结合为一个伟大整体”的科学的必由之路。搜集材料有各种途径，或实地调查，或闭门读书。读书有各种各样的目的。如果是为治学而读书，无非两个目的，一是积累材料，二是掌握理论，二者相辅相成。这里可以举一个饶有兴趣的例子。

我国传统讲究“修身”，西方宗教崇尚“洗礼”，这是两种不同的文化现象。随着学识的增长，不知怎么地总觉得这两种不同的文化在哲理上有某些相通之处。只要读过东汉许慎的《说文解字》，都知道：“修，饰也。从彡攸声。”由此而联想到：“条”亦从“攸”得声，而“涤”从“条”得声，亦即从“攸”得声。根据训诂学音近义通的原理可以推测，“修”“条”

“涤”三字上古读音相近，因而其意义也应当相通。如此看来，“修身”的初始义并非“加强自身修养”这样抽象的意义，而应当是“洗涤身体”这样具体的意义。然而推测毕竟是推测，还应当挖掘新的材料来证明。前两年读了些文化史方面的书，颇受启发。重新查阅《说文解字》“攸”字，其下收录秦时石刻之字形，左半从“水”，右半从“攴”。再查阅金文“攸”字形体作“汥”，即由三个部件组成：左从水，中从人，右从攴。联系同一“攸”字的三个形体来比较，今“攸”字中间一短竖显然是代表“水”的，而且在金文里“攸”“修”二字通用。可见“修（攸）”字即为从人背上用水冲刷并手持枝条击打之意象，其本义是洗涤人体。

据《周礼·春官》“女巫掌岁时祓除衅浴”的记载和汉唐两位学者郑玄和贾公彦的注疏，上古三月上旬在水滨举行一种沐浴涤污去不洁之巫术仪式。这显然是我国上古所谓祓除不祥、保持身心洁净的一种文化精神。由此我们又自然而然地想到《论语·先进》篇里孔子的高足曾皙所描述的景象：“莫春者，春服既成。冠者五六人，童子六七人，浴乎沂，风乎舞雩，咏而归。”曾皙所言之志深得孔子之赞叹：“吾与点也！”这当然是上古风俗之遗流。西方社会所信仰的基督耶稣，不就是在约旦河中受洗后而成为上帝之子的吗？如此看来，西方所盛行的“洗礼”这种宗教仪式，也无非是“洗涤身心、祓除不祥”这种上古巫术文化的遗风与象征。东西方文化之相通于此可见。

马克思于一八七三年为《资本论》第一卷再版时所写的跋中说：“研究必须充分地占有材料，分析它的各种发展形式，探寻这些形式的内在联系。……这点一旦做到，材料的生命一旦观念地反映出来，呈现在我们面前的就好像是一个先验的结构了。”材料，经过搜集、积累、整理，再经过一番“去粗取精，去伪存真，由此及彼，由表及里”的“联系”功夫，就会进入“理论的领域”，即所谓“先验的结构”，这是毫无疑问的。

关于治学的几个问题

《读书与治学》一文刊诸《安徽日报》以后，近两年便断断续续地有本系和外系的研究生与青年教师登门来探讨有关治学的问题，甚至还有外校理科与农科的几位研究生也来函询问。虽然读了几十年的书，也治了几十年的学，但如何治学对我说来却实在是个大而无当的严肃话题，借用眼下时髦的词语来表达，就是一个“系统工程”，远非一篇短文所能说清楚的。当然，毕竟是过来人，体会总是有些的，这就是学科的融合、理论的先导和方法的凭依这三个方面。

学科的融合

古语云：合久必分，分久必合。就其现象而言，社会变化是如此，学术研究亦如此。如果说古代的学术以合为主，因而出现了不少综合型的大学问家，他们兼通在今天看来属于几门不同学科的学问，外国的不去说他，即如我国上古就有孔子和墨子，近古也有顾炎武和戴东原等等；那么近代却是以分为主，学术门类越分越细，这有利于就研究对象进行深入细致的考察与分析。应当承认，这种由学科的融合走上分立，是学术环境、学术思想、学术方法进步的标志，也是科学发展的必经阶段。

现代学术又由分立趋向于融合。因为分工过细，必然容易忽略与其他学科的交流与渗透，妨碍对研究对象作全面系统的观察与认识。学术再度趋向融合，也是科学发展的必然。当然，这种融合并非简单重复，而是高层次上的结合与渗透。

强调学科的融合，是要我们从此种综合大趋势的背景下来认识文学与语言的关系。就原本意义上说，语言文字是一切文化（包括文学在内）的载体。没有这个人类最高级、最复杂、最系统的符号构成的载体，一切学科都不会存在。这个最普通的道理，不少不从事语言文字研究的青年学者可惜没有认识到。上古时代思想家老子说："无名，天地之始；有名，万物之母。"老子所谓"名"即名称，亦即语言。所谓"无名"，即混沌世界，混沌思维；而"有名"，即理性世界，理性思维。由混沌到理性，其中介即语言，后来还有文字。熟练、准确地把握语言文字，显然是理解并掌握万事万物的最有效的途径。而对语言、文字的深刻理解与高度把握，又显然是进行高级思维并从事科学研究的最灵验的钥匙。且不说我们民族使用了万年以上的汉语，即以汉字而论，它作为世界上最古老而至今仍在使用的一种最具个性的表意系统的文字，在保存和提供历史文化信息方面，具有世界上其他文字和我国其他文献所不可替代的价值。难怪美学大师朱光潜在其《西方美学史》一书论述"移情"之理时写道："我国古代语文的生长和发展，在很大程度上是按移情的原则进行的，特别是文字的引申义。"他还特别为上述文字加注："读者试翻阅段玉裁的《说文解字注》，注意一下文字的引申义，就可以明白这个道理。"

就一般情况而言，汉语言文字专业的大学生与研究生不会轻视文学，因为他们懂得，语言是文学的基础，而文学是语言的精华，更何况要研究语言文字，必须从文献包括文学作品中搜罗材料；而文学专业的却往往忽视并脱离语言文字，认为是"雕虫小技"而已。因此，这里着重阐述语言文字知识对文学的重要，也就是说明文学作品里渗透着语言文字的专业知识。先举一个近古的例子。《牡丹亭·警梦》云："良辰美景奈何天，赏心乐事谁家院?"其中"谁家"，很容易解为"哪一家院落"，那就迂缓而不贴切。其实这里的“谁”即常语姓甚名谁之“谁”，旧云“甚”；而“家”与“箇”义近，为估量某种光景之辞。“谁家”犹如今日苏杭口语之“啥个”，亦即“甚么”。上句言“奈何天”，下句云“甚么院”，恰成对文，乃为悲切之语。

再举两个中古的例子。李白《夜思》前两句云：“床前明月光，疑是地上霜。”章燮注云：“明是月光，反疑是霜，所以诗怕直致，而喜曲折也。”这是望文生义而故弄玄虚。中古时“疑”通“拟”，有象、似之义。如费昶《芳树》：“枝低疑欲舞，花开似含笑。”又陆琼《长相思》：“室冷镜疑冰，庭幽花似雪。”二诗皆为“疑”与“似”对文，毫无疑问，“疑”亦“似”也。又如岳飞《满江红》云：“待从头收拾旧山河，朝天阙。”这里的“从头”若按常义解为“从最初”，不仅不合情理，而且原词之雄风顿减。唐宋时，“从头”含有“全部、逐一”之义。“待全部收拾旧山河”，正表达了抗金报国的雄心壮志。《敦煌变文集》有言：“更有向前相识者，从头老病总无常。”即谓还有以前相识之人也全部老病，皆属佛经“无常”之类。

上古时代的文献，尤其需要借助语言文字方面的专业知识才能讲透。如《论语·先进》：“曾皙曰：‘莫春者，春服既成。冠者五六人，童于六七人，浴乎沂，风乎舞雩，咏而归。’夫子喟然叹曰：‘吾与点也！’”且不谈文中“莫”即“暮”之古字，“成”当训释为“定”，因为这是常识。其中“舞雩”二字，如果不了解它们的形、音、义之关系，就无从理解曾皙所言之内涵，也就不可能懂得孔子何以唯独称赞曾皙了。《说文解字段注》云：“以祈甘雨，故字从雨；以吁嗟而求，故从亏。”郑玄注《礼记·月令》说得更明白：“雩，吁嗟求雨之祭也。”早期甲骨文卜辞凡“雩”字皆作“无”，“无”又是“雩”之初文，其甲骨文字形象人持旄尾而舞，因而“无”又是“舞”之古字。上古之雩礼，正是巫师以舞蹈方式来求雨的，所以《论语·先进》称雩祭之坛为“舞雩”。“浴乎沂，风乎舞雩”显然是上古祭雨礼制之遗风流俗。孔子称赞曾皙之愿望，正是他向往周公制礼的反映。

以上诸例说明，分析文学作品，必须借助与融合语言文字的背景知识方能正确阐释，深刻开掘，否则就有可能曲解古人，厚诬今人。

理论的先导

过去我们常说“实践出真知”。就知识的根本来源而言，这是真理，是颠扑不破的真理。实践论的基本观点，仍旧是认识论的最根本的观点。这是任何时候都不能含糊的。不过，若从学习与研究的角度来说，其侧重点则有所不同。世界著名物理学家爱因斯坦就曾经说过：“试图单靠可观察量来建立理论，那是完全错误的。实际上恰恰相反，是理论决定我们能够观察到的东西。”爱氏这段名言给我们以启迪：一切观察都渗透着理论。不同的人在看相同的东西，却未必看得见相同的东西；不同的人在从事相同的实践，却未必能得到相同的体验；这取决于他们的生活经验、心理态势与理论背景。对一个专业研究者说来，某种理论背景不仅是一种认识能力或者认识水平，而且是其主体或个体的存在状态，即超越日常利害制约的生存境界。

我国著名语言学家吕叔湘生前曾打过一个生动的比方。他引用《古今谭概》里的故事，把理论比做“钱串”，把事例比作“散钱”。说：当然成串的钱最有用，可是如果两者不可得兼，那么散钱虽不便携带，捡起一个钱还有一个钱的用处，光有绳子没有钱可是毫无用处。吕先生说这个故事，是反对那种空对空的大理论。我们也可以反其义而用之，如果别人有了“钱串”，那就会把散在地上的大部分钱串起来拾去，就可以发挥更大的作用。这使我自然而然地想起晚清著名学者、《墨子间诂》的著者孙诒让。甲骨文出土以后，刘鹗的《铁云藏龟》于一九〇四年拓印出版，孙氏当年获睹，兴奋不已，“辄穷二月力，校读之”，撰就我国第一部考释甲骨文字的专著《契文举例》，为“开辟中国近代学术史的新纪元”揭开序幕。在当时多数学者都还不知出土龟甲为何物，甚至连章太炎这样的国学大师都心存怀疑的情况下，孙氏为什么能够对它进行系统的释读，并且很快地撰写了一部著作？毫无疑问，这凭靠的是他深厚的旧学根柢和较高的鉴别能力，其中主要是他长期攻治许慎《说文解字》的素养，不仅有着分析小篆形体的丰富实践，而且把握了许慎有关“六书”理论的真髓。显然，是传统的学术和“西学”的精神给了他敏锐的智慧，使孙氏能从出土甲骨文中首先看到别人所看不到的东西。可以说，《契文举例》是依托旧理论处理新材料的典型例证。后来的学者与古文字专家如罗振玉、王国维、陈梦家都曾指出《契文举例》有较多失误之处。这除了事属草创、资料有限的原因之外，还由于所依托的是传统“六书”这个旧理论的欠缺。后来的古文字学家之所以能够一个个地超越孙氏，纠正其过失，也主要在于学术的时代积累使得文字学理论更为先进，更为科学，因而更能指导甲骨文字的辨识与研究。这也从另一方面证明理论的先导作用。

什么是科学研究？从根本上来说，就是通过我们的理性思考来解释自然，解释社会，解释人生。而研究者的理论素养显然决定着他观察的敏锐度、思考的深刻度和解释的准确度。人们常说“思辨能力”，据我体会，其核心是理论素养加上逻辑修养。理论是观察与思考的导向，没有一定的理论根柢，再观察也发现不了问题。逻辑是思考的程序，按照逻辑程序去思考问题，才有可能得出合理的结论。这里可以举一个饶有趣味的例子。

我国传统讲究“修身”，西方宗教崇尚“洗礼”，这是两种不同的文化现象。读过许慎《说文解字》的都知道：“修，饰也。从彡攸声。”由此而联想到：“条”亦从“攸”得声，而“涤”从“条”得声，当亦从“攸”得声。根据训诂学音近义通的原理可以推测，“修”“条”“涤”三字上古读音相近，因而其意义也应当相通。如此说来，“修身”的初始义并非“加强自身修养”这样抽象的意义，而应当是“洗涤身体”这样具体的意义。然而推测毕竟是推测，还应当挖掘新的材料来证明。前两年读了些文化史方面的书，颇受启发。重新查阅《说文解字》“攸”字，其下收录秦时石刻之字形，左半从“水”，右半从“攴”。再查阅金文“攸”字形体作“滫”，即由三个部件组成：左从水，中从人，右从攴。联系同一“攸”字的三个形体来比较，今“攸”字中间一短竖显然是代表“水”的，而且在全文里“攸”“修”二字通用。可见“修（攸）”字即为从人背上用水冲刷并手持枝条击打之意象，其本义是洗涤人体。由此联想到前面所引《论语·先进》孔子的高足曾皙所描述的“浴乎沂，泳而归”的景象，据《周礼·春官》记载，当是上古三月在水滨举行沐浴涤污之巫术仪式的流风遗俗。西方社会所信仰的基督耶稣，不就是在约旦河中受洗后而成为上帝之子的吗？如此看来，西方所盛行的“洗礼”这种宗教仪式，也无非是“洗涤身心，祓除不祥”这种上古巫术文化的遗风与象征。

在上述结论形成的思考过程中，我们明显地看出，有关汉字造字结构的理性认识起了重要的导向作用，而合乎逻辑的思路是其结论合理性的保证。因此，从事文科研究，无论是中文、历史、哲学，还是经济、法律、教育，都应当掌握各个学科以及相邻学科的最新理论，还要学好语言学与逻辑学，须能融会贯通，切忌生吞活剥。

方法的凭依

说到“方法”，不少人尤其是青年人总以为只要有了方法，什么问题都可以解决了。其实这是误解，世界上根本不存在独立于经验与学识之外的“方法”。对于方法，我们至少要树立两种正确的观点。

首先，方法是有所凭依的。这是说要摆正方法与经验或学识之间的关系。就拿“比较法”来说吧。谁都知道，读了《家》《春》《秋》，再读一部《红楼梦》或者一部外国的也写家族兴衰的小说，是否就可以用比较的方法进行研究了呢？当然不可以。什么是“比较法”？第一，要积聚一些比较参考的材料；第二，把同时代的材料用横的研究法，把不同时代材料用纵的研究法，寻找出其中异同转变关系；第三，运用一定的理论去解释、说明其异同或变化的原因与规律。如果没有一点文艺学与文学史方面的学识，不具备一定的理论素养，也未曾收集小说作家的有关资料，又怎么去运用这个比较的方法？可以说你无从入门，即使勉强进行，也是生拉硬扯，只能显露自己的浮浅而已。

汉语语法史有个公认的事实，在《马氏文通》问世之前，汉语语法研究主要散见于训诂等文献之中，只限于一些片言碎语，除了卢以纬的《语助》、袁仁林的《虚字说》、刘淇的《助学辨略》和王引之的《经传释词》等虚词专书以外，没有系统而全面的阐述，因而也一直未能产生真正语言学意义上的语法学著作。就中国古代的学者而言，撰写如《文通》那样的语法著作，在智力和能力上能胜任的不乏其人，即如卢以纬、袁仁林、刘淇和王引之，他们在其文言虚字的分析中也自觉地使用了比较的方法，为什么一直到十九世纪末的马建忠才完成了《文通》这部巨著呢？其根本原因，胡适在其《国语文法概论》中明确指出："我国的语言文字向来没有比较参证的材料，故虽有王念孙、王引之父子那样高深的学问，那样精密的方法，终不能创造文法学。到了马建忠便不同了。马建忠得力之处，全在他懂得西洋的古今文学，用西洋的文法作比较参证的材料。"

这说得再清楚也不过了。跟当时及其以前的学者相比，马建忠具有一种独到的学识，因而也就赋予他一种独到的视角，因而也就能够娴熟地运用比较法于汉语语法研究之中，揭示出汉语结构的规律和特点，终究拉开了中国现代语言学研究的序幕。

再者，方法是分层次的。我在二十年前撰写《简明训诂学》时，曾有意识地思考过方法论的问题。作为方法论，存在着三个不同的层面：最高层面是哲学层面的方法，譬如辩证唯物论与历史唯物论，单元论或多元论等，既是根本观点，也是根本方法，具有统摄和指导的作用；其次是逻辑层面的方法，或者说一般方法，譬如归纳法、演绎法、比较法、分类法等等，这是各门学科都能使用的方法；再次是所谓学科层面的方法，或者说专门方法，即一般只适用于某门学科的方法，别的学科往往用不上，譬如情节分析法、人物性格分析法、人物心理分析法、形象分析法等，只应用于文学，尤其是叙事性的文学作品，而音素分析法、音位分析法、声韵分析法等，仅适用于实验语音学与音韵学，至于成分分析法、层次分析法、结构分析法等，一般适用于语言学，尤其是语法学等等。

方法既有依凭性，又有层次性。这就要求我们不要孤立地看待方法。首先，要丰富自身的学识，增强自己的修养；其次，在运用某个方法时，要了解该方法的特点与适用性。前面所列举的归纳与演绎，是两种十分重要的逻辑推理方法。在认识语言现象的过程中，它们各有特定的作用与地位：当人们在认识了许多个别的语言现象，需要从中得出一般认识的时候，就要运用归纳；当认识了一般的现象或规律之后，又去研究个别语言现象的时候，就要运用演绎。王力著《同源字典》，就是从大量的语言文字的事实中归纳出“许多词都是互相联系”的结论，然后又根据这个理性认识去分析一个个词的语音结构和语义要素，从而找出词与词之间的亲属关系。再举个相反的例子，过去不少语言学家都把上古汉语用在名词、动词、形容词前后的某些虚字，同西方语言里的“词头”或“词尾”作简单的比较，把那些虚字都说成是“词缀”。后有些学者觉得这些虚字跟西方语言里的“词缀”不一样，其性质既非构词的，亦非构形的，因而从汉语语法的总体格局着眼，认为它们是“衬音助词”。可见比较法的运用不能简单化，只有对事物与现象作全面、系统的观察和分析，比较法的应用才有可靠的基础。

戴东原集一生之体会而云：“学有三难：淹博难，识断难，精审难。”所谓“淹博”，即通晓各门相关学问；所谓“识断”，即具有独到的学识与判断；所谓“精审”，即合乎科学的思维与周密的方法。戴先生的表述是本文最好的总结。

中华文化的基本格局与核心思想

中华文明经夏商周三代的发展与沟通，逐渐形成了以黄河、长江中下游为中心、以《周易》为根柢的东亚文明圈。再经秦汉的统一，中华文化的基本特征大体定型。东汉以后，由于道教的兴起和佛教的传入，中国传统文化又形成了儒、道、释三家鼎立的格局，进而又发展为逐步走向会通融合的态势。近代以来，虽然传入了属于地中海文明圈的西方文化，对中华文化产生过重大影响，但并未从根本上改变几千年来所形成的格局与态势。

在传统文化的儒、道、释三家鼎立的大格局中，儒、道两家是中国土生土长的本土文化，这两家尽管在入世济世还是离世出世的价值观上带有根本性的区别，但在最根本的“人参天地、天人合一”的思维模式上，在“天地阴阳、万物化生”的自然观上，在“体用合一、正反相成”的方法论上，两家则基本上是相同和相通的，也就是说，在其哲学根本问题上彼此是同大于异的。儒、道的统一与互补，共同构成了华夏文化传统的基本特征，而儒家则在此统一中居于正统和主流的地位。

由印度传入的佛教，其思想体系与华夏文化传统的核心观念有着根本性的差异。虽然在漫长的岁月里已经磨合到互渗交融的程度，但彼此思想体系中独立的特征并未从根本上消除。儒、道、释三家终究还是三家，始终没有融合为一家的程度。譬如佛教的“因果轮回报应”论与中华传统思想的“善获庆、恶遭殃”说，既有相同一面也有相异之处。人类所共有的生老病死以及贫富、贵贱、荣辱、祸福等社会不平现象，是佛教所十分关心的问题，自有其为芸芸众生解答的独特门径。而《周易》云：“积善之家必有余庆，积不善之家必有余殃。”这是中华传统思想“殃庆论”对产生社会不平现象因果关系问题的解答。其缺陷在于把复杂的社会现象简单化了，而事实并非如此。佛教的比较高明之处，在于把“现世之报”“生来之报”与“身后之报”统一起来，从而避免了“殃庆论”所遇到的困难。这也是长期以来佛教为何在世俗间影响巨大的原因。

中华传统文化的精髓究竟是什么？学者们的见解并不一致。在我看来，集中到一点，应当是《周易》里所表述的“和谐”思想。这种思想体现在天道和人道两个方面：前者以老子哲学为主导，即顺应自然，“天人合一”；后者以孔子学说为核心，指适应社会，“讲信修睦”。后来历代有见识的古代学者都强调要“观天道，察人道”，懂得天与人之间有因果关系，因而尊重自然，善待万物，以达到与天地合德，与四时合序；强调人与人之间要相互信任，提倡“仁爱”，心存善念，以实现人际和睦，社会协调。这种“人参天地”的“和谐”思想，具有极深刻的哲学意蕴，富于深厚的理性，不含任何宗教的成分，在漫长的历史进程中始终把握着中华文化的命脉，不仅历代知识分子推崇它，宣扬它，而且世俗民间也接受它，运用它，并渗透于社会生活的各个方面。

这种核心思想，即在古代骚客诗人的诗词里也得到全面的反映。中国古代的诗词即以精练的语言完美地表现了作者对自然、对社会、对人生的思索和体验，呼唤读者在顺应自然与善待社会中得到真正和谐的生活。譬如屈原于《离骚》吟唱：“日月忽其不淹兮，春与秋其代序。”王勃在《滕王阁序》中写道：“天高地迥，觉宇宙之无穷；兴尽悲来，识盈虚之有数。”他们认为，世间一切瞬息万变，唯有天道永恒不变，因而推宇宙之无穷，叹人生之短暂，由此唤醒生命的本质。又如杜甫诗云：“会当凌绝顶，一览众山小。”王之涣歌吟：“欲穷千里目，更上一层楼。”这显然是从登高望远中领悟深刻的人生哲理：只有超出事物本身的局限，才能识其本来面目；只有不受周围环境的限制，才能做到高瞻远瞩。

不仅如此，诗人还用这种观照宇宙的方法来培养自身俯仰自得的博大胸怀，他们深深懂得，只有排除尘世的纷扰，坚守心灵的宁静，才能实现返本归真的愿望。如李白《关山月》云：“明月出天山，苍茫云海间。”王维《汉江临眺》吟：“江流天地外，山色有无中。”等等，或表达洁身自好的信念，或描绘天地高远的景象，或抒写与自然契合的清净，或体现不事权贵的气质。至于如杜甫的忧民心怀：“安得广厦千万间，大庇天下寒士俱欢颜。”范仲淹的高尚节操：“先天下之忧而忧，后天下之乐而乐。”刘禹锡的坚贞品格：“后来富贵已凋落，岁寒松柏犹依然。”他们一方面志存高远，以天下苍生为己任，另一方面又量力而行，善待自己。这种彻悟的心态，既是大自然的陶冶，也是自身修养的结果。总而言之，古代骚客诗人的吟唱，无论怀古咏史还是抒怀言志，都蕴含着他们所汲取的中华文化精髓里的智慧理性和道德内涵，反映了“天人合一”的“和谐”的宇宙观和人生观。

由朱熹论读书说开去

近读《朱子语类》，其中有《总论为学之方》一卷和《读书法》两卷。就读书问题，朱熹现身说法，所论之精要仍然是我们今日进入学术殿堂的门径。

读书要“精心”，这是朱子告诉我们的第一点。他说，读书先要花十分气力才能毕一书，第二本书只用七八分功夫便可完成。这是指对古代经典之作必须“专精”，必须下基础功夫，反复“苦读”。就今日而论，即必须在自己想进行专门研究的范围内作这样的努力。大凡经典著作，都已经过历代学者的一再整理，这些精读的书为我们提供了一个作学问的基地。有了这个基地，阅读、学问才能拓展，我们才能进入“博览”的天地。所谓“博览”，并非漫无目标地乱翻，这也要有重点才是。就是说，要结合自己的专业去逐步扩大知识的范围。这里就有一个选择的问题，仍然需要“精心”，即择其“精要”者作有系统的阅读，要“一字不漏”，细读一过。朱熹《晦庵题跋》卷一有《书临漳所刊四经后》一文，依据经文句法发现今古文《尚书》之差异，即怀疑晚出的古文《尚书》二十五篇和孔安国大序为伪作。后来得到清代学者的证实。朱氏若非“精心”阅读，怎么会有如此辨伪之发现呢？

读书要“虚心”，这是朱子告诉我们的第二点。他说过：“读书别无法，只管看，便是法。正如呆人相似，崖来崖去，自己却未先要立意见，且虚心，只管看。看来看去，自然晓得。”听来似乎很笨，其实是最聪明的方法。所谓“虚心”，这里有两个含义：一是要我们读书不要存“先入之见”，要尽可能地摈除“主观”；二是要我们保持“谦逊”的心理，平平实实地去读书。只要翻阅朱氏的《四书集注》即知，唯其“虚心”，百读不厌，不仅汲取各家解说之长，融会贯通，而且能道出前人所不能道者。这应该是有关读书的颠扑不破的真理。

“知心”，这是朱子告诉我们的第三点。他又说过：“看文字，且信本句，不添字，那里原有缺缝，如合子相似，自家去抉开，不是浑沦底物，硬去凿。亦不可先立说，拿古人意来凑。”这是说，读书还要“知”该书作者之“心意”。读书能发现“缺缝”，并非初学者能达到的境界，是有了相当积累之后的事。今日常见的读书的毛病，便是朱子所说的“硬去凿”、“先立说”，尤其是喜欢动辄用西方的所谓先进观念去穿凿附会，随意来评判或“融合”中国的传统学术。殊不知中西文化虽有大体相通之处，却也有各民族自身难合之特点，不可处处强求对应。

朱熹有绝句《观书有感》一首曰：“半亩方塘一鉴开，天光云影共徘徊。问渠哪得清如许？谓有源头活水来。”唯有“虚心”，方能见到“天光云影”之奇妙景象；唯有“知心”，方能去追“问”“清如许”之底细；也唯有“精心”，方能探得“活水”之“源头”来。不少中外“大家”有关读书的劝导，与朱子的说法是一致的。譬如著名史学家章学诚，于其《文史通议·博约下》云：“学贵博而能约，未有不博而能约者也，……然亦未有不约而能博者也。”无独有偶，英国哲学家培根在《论学问》一文中说：“有些书可供一尝，有些书可能吞下，有不多的几部书则应当咀嚼消化。”可见，中外大师们对读书都有着共同的心得体会。这绝非偶然，我相信。

我们应当记取以上朱子有关读书的教导。“好学深思，心知其意”，才能达到读书人力求达到的最高境界。因为读书的根本目的，是为了追求客观的认识，不是为了炫耀自己的所谓“创造”，标榜自己“发前人所未发”。

读中国古籍，不通训诂，不可能真正理解古籍之精髓；读外国经典，不通西文，当可供参考而开阔眼界，若是仅从第二手译作中学得西方理论来“融合”，是完全靠不住的。

我想，所谓“精心”、“虚心”、“知心”，都是为读书求得一个“真诚”。《易经·乾卦》云：“忠信，所以进德也；修辞立其诚，所以居业也。”其中“修辞”一语，其原意究竟是什么？它与“立其诚”又有什么内在的联系？一般阅读《易经》，只是简单地联系“修身”、“修养”等常用语，把其中的“修”字理解为“修饰”、“锻炼”、“加强”等等。但如果这样，“修辞”即“修饰语辞”，“修身”即“加强自身修养”，那么一来，与“立其诚”和“忠信”似乎隔了一层。因为“语辞”一经“修饰”，其“诚”必然减去几分；“自身”经过“加强”，即非原来的“自身”，其“信”自然有所削弱。看来，《易经》所谓“修”并非后来所说的“修饰”、“修养”之意。“修”是个形声字，从“攸”得声，与‘条”、“涤”从“攸”得声一样。那么“修”即与“涤”音近义通，其本义为洗涤。所谓“修身”，在盛行祭祀的巫术文化时代，即为“洗涤身心”，以与神灵祖先沟通。《论语》中孔子弟子曾皙所描述的“莫春者……浴乎沂，风乎舞雩，咏而归”之情景，即为上古“洗涤身心”的流风遗俗。因此，我们完全有理由认定，“修辞”之本意是“净化语辞”，把一切伪饰浮华的言辞洗净，这样才能“立其诚”，即恢复言辞的本来面貌。同样地，也应当以“净化”的态度去阅读典籍，探求经典的本意。这是人文学科研究的起点，由此出发，方能达到“进德”“居业”的目的。

谈谈如何读书

附近社区的老年朋友和一些青年人知道我喜欢写作，相聚或碰面时便提出如何读书的问题，希望我也写篇专文。未退休以前，对研究生们曾经做过两次“读书与治学”的专题报告，其内容是有针对性的，重复它自然不合时宜。这里姑且随意谈谈个人的一些体会吧。概括说来，即有兴趣，有选择，有恒心。

我觉得读书最要紧的，是要把它当作一件快乐的事情，书才能读得进去。古人所谓“开卷有益”，说的就是读书的基本态度。既然有益，当然是件很有兴趣的事儿。有位西方哲人说过，读书是一种探险，如探新大陆。既然是探险，自会有障碍，但也有新奇吸引着你。因而也有人说，读书是灵魂的遨游，随时可以发现名山巨川、古迹名胜、深林幽谷、奇花异卉。记得刚上初中时，我读的第一本大部头的书，就是英国作家笛福写的《鲁宾逊漂流记》。书里面的主人公带着年少的我在那海外荒岛上遨游了一番，从中领略了艰难曲折的经历，以及如何披荆斩棘、战胜磨难的非凡毅力。如今电脑普及，动辄上网，不少年轻人视读书为无趣，为苦役，感受不到其中的快乐。须知，读书与上网是两种不同的感觉。真正的读书人，是会把手捧书本当作一种心灵的享受，这样才不失读书的本意，否则就不必去读书。

其次，读书须放开心胸，选取与自己的程度和情趣相近的书来读，才能拥有一种读书特有的兴致，才有可能视书为友，无师自通。我在念中学时，即使看小说，也常翻阅手边的字典，不怕周围的同学笑话。这种“胆量”倒是养成了我读书的良好习惯，使我大为得益。那么一般情况下，需要读哪些书呢？这里说的当然不是指专业书籍，而是指有助于提高自身心性的书籍。据我的经验，当为文学、史学、哲学和逻辑学几方面。譬如英国、法国和俄罗斯一些经典作家的文学作品，希腊、罗马等文明古国的历史，德意志有代表性的名家的古典哲学以及国内著名逻辑学家的概论性著作。毫无疑义，这些书籍可以让你陶冶性情、增进智慧、提高理性。如果真能用看小说、戏剧那种心情去阅读哲学、史学和逻辑，那必定会潜移默化，终生受益。

读书必须坚持不懈，是我的又一个体会。这是强调，读书毕竟不像看小说戏剧那么有趣，这就要有一种坚韧的毅力，千万不可急躁，不可偶遇疑难就轻易放弃。工作之外，每天抽出半个或个把小时，每周四、五次，有计划而持之以恒地阅读。无论何书，只需名著，涉猎既久，自然融会贯通，即使不求甚解也无关紧要，总比不读强。世上最怕的就是不认真、无耐性。当然，读书又不可十分勉强，因为学识是慢慢积累的，若能顺势而往，就能达到既定的目标。

最后还须交代，读书乃是一种精神活动，如林语堂所说，是为了“开茅塞，除鄙见，得新知，增学问”。这就要讲究一些方法。如果说有什么切身感受，那就是读书要区分层次，就是说，不是所有的书都一律看待：有些书要精读，即反复阅读；有些书则泛泛涉猎，无须细读；而有些书仅翻翻目录和序跋，了解其书名、作者、内容大概即可。大凡经典，都值得一读再读，“读书百遍，其义自见”，见解愈深，学问愈进，品出其味，即入佳境。无论什么领域，其经典书籍必求深入，先循序渐进，再触类旁通，然后登堂入室。当然，高层次的读书，事先须了解一些书目常识，知道某学科需要读哪些书，如此方能不走弯路。同时要随时做些札记，或作卡片，或存电脑，积累心得，以免遗忘。如此长期坚持，就能发现问题，提出己见，日后必见成效。朱熹论及读书时云：“读书无疑者，须教有疑；有疑者却要无疑，到这里方是长进。”朱熹是强调读书当采取辩证方法，既不可囫囵吞枣，也不可钻牛角尖。

一般人都知道，读书能使人虚心、开窍、聪慧。时常读书的人，其思想往往新进敏锐；其言谈往往引人入胜。试看诗人徐志摩有篇散文将苏州与杭州对比，其措辞出乎意料的妙：

“苏州！谁能想象第二个地名有同样清脆的声音，能唤起同样美丽的联想。寒山寺的钟声与吴侬的软语一般的令人神往；虎丘的衰草与玄妙观的香烟同样的勾人留恋。”“杭州，即使有几分美秀，不幸都教山水给占了去……说到杭州，我们不由得觉得舌尖上有些儿发锈。”

以上自然是诗人自个儿的感受，但此种异于常人的感受，用了十分独特的词句才能写尽，这无非源于他广泛阅读、长期锤炼的功夫，值得读者细细品味。黄庭坚说过，“人不读书，则尘俗生其间，照镜则面目可憎，对人则语言无味。”看来，倘若常时不读书，不仅令别人苦涩，自己也觉得讨厌。勤奋刻苦、激励奋进是需要的，但切不可以读书为苦差事。写文章亦如此，若以写作为苦役，文思自然不会汩汩而来。有学问而又有热心肠的作者，“笔锋常带情感”，因而写出来的必有文采。

总之，读书读到一定程度，须有毅力，有眼光，有胆识。有毅力必定坚持到底，有眼光必能选择鉴别，有胆识必有真知灼见。如此，将来又怎么会没有成就呢？说到这儿，送两句话给读者作为互勉：“闻书香太极神游，思笔耕淡泊物欲。”

古代诗文里的“赛神”

说到“赛”字，人们往往立即想起“竞赛”或“比赛”来。其实，古代诗文里的“赛”字原初的意义并非如此。汉代学者王充于《论衡·辨祟》曰：“项羽攻襄安，襄安无噍类，未必不祷赛也。”唐代诗人白居易有诗《春村》云：“黄昏林下路，鼓笛赛神归。”宋代文人王安石有诗《半山即事十首》之四云：“神林处处传萧鼓，共赛元丰第一秋。”以上所引诗文里的“祷赛”、“赛神”与“赛秋”云云，自然都不是“竞赛”之意。

东汉文字学家许慎撰《说文解字》并无“赛”字，其《新附》云：“赛，报也。”可见“赛”当属后起字。清代著名训诂家王念孙于其《读书杂志》明确指出：“赛，本作‘塞’，古无‘赛’字，借‘塞’为之。”说明“赛”是“塞”的假借字。司马迁《史记·封禅书》：“冬塞祷祠”，即写作“塞”字可证。唐代学者司马贞于《史记索隐》云：“塞与赛同。赛，今报神福也。”可见“塞、赛”是同源字。西汉训诂家扬雄所著《方言》云：“厌、塞，安也。”晋时学者郭璞注云：“物足则定。塞与厌通。”“厌”为“满足”，“塞”为“充满”，满足则安定。由此又可认定，“塞、赛、扱”皆谓报答神福也。许慎、司马贞皆以“报”释“赛”，其实“报”字本身即为祭祀名称。《国语·鲁语上》曰：“凡谛、郊、祖、宗、报，此五者，国之祀典也。”东汉训诂家韦昭注：“报，报德，谓祭也。”

如此说来，“赛”即“塞”，本为“报祭”，指古人遇到丰收及其他吉利之事，为求心安理得而举行的报答神灵福佑恩赐的祭祀仪式。王充以“祷赛”二字并列，“赛”亦“祷”也。白居易诗里所云“赛神”，谓祭神还愿也。王安石所说“赛秋”，即谓酬报丰收也。

举行祭祀神灵之活动，在古代规模盛大而热闹非凡，既为酬答、娱悦神祇，自然就会开展一些娱乐竞技活动。参加这些活动的村社成员为博取众人的欢呼赞赏，必然互相较量争胜，这些活动便逐渐发展而演化为体育竞赛。于是，“塞”或“赛”字便获得“竞争”之义。《正字通·贝部》云：“赛，相夸胜曰赛。”到了现代，“赛”字的“报神”义已消失殆尽，而“竞争比赛”义即盛行开来。

从人类文化史的角度来看，东西方文化的演变有着不少现象是相通的。如今世界所盛行的奥林匹克体育运动比赛，即来自希腊奥林匹克竞技活动，亦源于举行希腊神话中之宙斯主神大祭，而宙斯神庙即建于奥林匹亚山可为之证明。

病中考“病”

去年九月末，应邀赴黑龙江大学参加第四十届国际汉藏语言学会议。晚上在宾馆淋浴时，不慎摔了一跤，所幸无伤大体，但因感受风寒，左臂患上外伤性肩周炎。返校后日渐严重，尤其晚间疼痛难忍，除坚持每周必要的教学任务以外，干任何事情都有些心烦。由于病痛，也就自然地想起在学术会议期间，浙江大学黄金贵教授曾郑重其事地与我商讨，说是至今为止，一般都是把“疾”“病”二字当作同义词，其区别仅在于前者指一般疾病，而后者谓“病重”，然而据他考辨并非如此，在上古“疾”当“疾病”讲没错，而“病”字在上古汉语里既没有一般疾病的意思，更不作“病重”讲。我虽然从事古代汉语教学四十余年，听他这么一说，当时确实有些意外。

俗话说，“伤筋动骨，百日痊愈。”老年患上肩周炎这种病尤其麻烦，几位主任医师也都告诫我，要耐心，没有三五个月，难以痊愈。为了分散注意力，减轻病痛感，于是病中想到“病”字，便有意识地考察起来。

首先想到的自然是高校流行教材，即王力主编的《古代汉语》。这部教材，无论“通论”还是“常用词”部分，都明确地说“病”与“疾”是同义词，只是“病”有“病重”义。再查东汉许慎所著《说文解字》，也明明说：“疾，病也。”“病，疾加也。”所谓“疾加”就是“重病”。其他大型字典辞书无不沿袭此说。

看来要解决这一难题，穷究“病”字的本来意义，唯有翻检上古文献及古人训诂一途，舍此别无他法。说也奇怪，这么一思考，那么一翻检，肩周炎的疼痛居然缓解了。于是饶有兴趣地找来《尚书》、《易经》、《论语》、《左传》几部经典文献，逐一细致考辨。果其然也：“疾”字在上述四部古籍里出现的次数，少的有十五六次，多的如《左传》出现二百余次，大多当“疾病”讲；而“病”字在上述四部古籍里，出现的次数分别为二例、一例、八例、五十二例，其意义大致是“痛苦、困苦、饥困、忧虑、危重、困扰、疲惫、侵害、怨恨、耻辱、惭愧”等等，却没有一次是“疾病”义。真是“不查不知道，一查吓一跳”，我们居然以讹传讹，习焉不察，如此经历了几十年，甚至上百年乃至上千年！这就好比史书上记载的“项羽火烧阿房宫”，讹传了千百年之久，经考证结果是“子虚乌有”。

当然，典籍里也有一些例句，如果不细加辨析，确实令人迷惑。如《易经》“病”字仅见一例，即《说卦》：“坎为水……其于人也，为加忧，为心病。”孔颖达《正义》云：“为心病，忧其险难，故心病也。”可见，此“心病”并非指心脏病，分明是对危险急难的极度忧虑。该“病”字不是疾病义，而是焦虑义，与“疾”字截然不同。

确切地了解“病”字的本义并非“疾病”义，反过来对准确地理解上古文献的原意极有助益。试读《左传·成公二年》一段：“郤克伤于矢，流血及屦，未绝于音，曰：‘余病矣！’张侯曰：‘自始合，而矢贯余手及肘，余折以御，左轮朱殷，岂敢言病？吾子忍之！’（郑丘）缓曰：‘自始合，苟有险，余必下推车，子岂识之？然子病矣！’张侯曰：‘师之耳目，在吾旗鼓，进退从之。此车一人殿之，可以集事。若之何其以病败君之大事也？病未及死，吾子勉之。’”

这是左丘明所描述的著名的齐晋鞍之战中的一个片断，精彩生动。一般选本都根据“病”之重病义而将此“病”解释为伤重义。过去一直觉得文通字顺而没有什么问题。如今想来，“病”之本义既然不是“病重”义，上述解释即为无根之木。其次，《左传》全书凡是伤病均称“伤”而不称“病”，而此段双方对话全以“病”称，与全书体例不合。再斟酌此段描述，主帅郤克中箭受伤，血流至鞋，仍坚持指挥，但逐渐感到身体不支，遂发出“余病矣”的呻吟声，即谓“我危急了!”张侯闻此思退之叹，便激励主帅“忍之”。车右郑丘缓见状，也以自己的奋勇来鼓励他，但见到主帅确实力不能支的情状时，也不免发出“然子病矣”的感叹，即谓主帅的确危殆了。如此解释，整个一段才文从字合，情顺意洽。由此可见，此节“病”字作为形容词义，训释为“危急、危殆”比较确切。

我的肩周炎至今尚未全好，然“病”字的本义却已辨明，岂不快哉!此所谓“苦中作乐”也。

重读《从划分标准看文字类型》

二十多年前，笔者写过一篇《转注说源流述评》（《安徽大学学报》一九八二年第一期），认为“文字是记录语言的书写符号，是‘形’＋‘音义’的结合体。文字学自然以研究字形为主而兼及音义。”考察传统六书之“转注”，应当从这个基本观点出发。因此提出：“转注是改造现成字而多造字的造字法，假借是借用现成字而不造字的造字法，那么‘六书’自然都是‘造字之本’。”二十多年来，这个问题一直在脑际盘旋，平时阅读也经常涉猎与此有关的论著，其中就有陆锡兴教授于攻读在职博士生期间所撰写的《从划分标准看文字类型》这篇论文。当时，只在文章的天头地脚记下一些感受，并未整理成文。为了把这方面的长期思考加以总结，笔者后来又写了一篇《论传统“六书”之本原意义》，其摘要即指出：“本文在吸取众多学者有益成果的基础上，对传统‘六书’作为汉字构形的演化，尤其对其中‘假借、转注、形声’提出了新的解说，以重现许慎《说文》的本原意义。”

时隔三年，于有意间又翻检到陆锡兴的那篇论文，结合当时所记感受重读一过，更加觉得这篇论文颇有创意，应当整理出来以引起文字学界的重视。

首先，该文指出：“文字类型是普通文字学的基本问题。”而“区别文字性质类型要有一个科学的划分标准，以前有关的一些讨论，所涉及的概念内涵并不明确，影响了论述的效果。”接着，作者从分析文字的字形、表现语言成分、表音、符号性质诸问题着手，论证其类型标准应当是“文字组成功能”。即使今日来看，也显然是一个创见，对科学地划分文字类型颇有启示。

其次，作者在分析“字形问题”时，并非单就汉字进行考察，而是涉猎世界各种古今文字，诸如：苏美尔古文字、美洲玛雅文字、古埃及文字（圣书体、僧侣体、人民体）、日文（万叶假名、平假名、片假名）以及巴蜀文字、西夏文字、契丹小字等等。唯其如此，该文认为，“字形是一个十分复杂的问题，内涵十分丰富”，其内容一是“书写形式”，二是“结构（包括部件及其组织方式）”。因而从总体来看，字形与文字类型之关系也就比较复杂：“一种文字往往同时有两种不同字体（正体与辅体）”，“与上述情况相反，有些文字类型不同，却有相同或相似的字形”，因而“想简单地就字形论文字类型是行不通的”。作者视野开阔，文章例证丰富，其立论令人信服。

再次，在分析“表现语言成分”时，作者认为，这“只能作为一个因素来考虑，如果把它作为一个主要的区别标准的话，其结果是不能令人满意的。”因为按照这个标准，索绪尔只承认两种类型：表意文字和表音文字。作者有针对性的说：“表意文字或称表词文字，是成熟的文字系统，它的符号是一个有层次的系统，由原字即偏旁组合成成字，以成字来表示语言。”至于表音文字的符号，索绪尔所谓“模写一连串声音”的，无疑指的是字母，不是指由字母连缀起来的音节形式。作者指出，“这里隐藏了一个很大的错误，把两个不同层次的符号作为比较的基础。正确的做法应该是把表意文字与表音文字的原字与成字作分别的比较”。论文特别强调：“文字是一个复杂的符号体系，它作为一个整体与词汇系统发生代表关系，与词的联系是多层次、多方面的，如果仅仅归结为符号与词的对应，实在是简单化了。”其思考周密，表述明晰，当促使我们重新思考索绪尔关于文字类型的论述。

再次，关于“符号性质”，作者认为，“成为某种文字类型的符号特性，必定是对区别于符号普遍性质来说的，把握住这一点十分重要。”由此他提出两个问题：一是“符号的假定性”，即“文字本质上是一种假定符号，我们很难离开假定性来对文字符号加以区别”；二是“一种文字内有不同符号”，即“在一种文字体系内的字并不是一种单纯的成分，而是多种的复杂成分”。当然，我们不能根据一般文字体系内有不同性质的符号，就称之为混合类型，而是“以起主导作用的符号来考虑它的文字类型，因为文字体系从来就不是一种单一性质的符号组成的”。这里明显地表现了该文作者的辨证思考，既从多元论出发，看到文字系统中符号的多样性，又从主体论着眼，依据起主导作用的符号来归纳其文字类型。根据以上分析，作者最后提出应当“从组成功能看文字类型”。所谓“组成功能”，包括“原字”和“组成形式”两方面：“原字”是“组成的主体”，“起着主导的作用”；“组成形式”“不仅指字形构造”，其作用“是使有限的原字形成庞大的成字”。根据原字的性质，作者把文字类型区分并定名为“标形文字”、“标意文字”和“标音文字”三种。

标形文字的特点“在于把词概念转换为图形符号”，其方法有三：描绘法、示意法、比拟法。“这三种方法，即六书中的象形、指事、会意”。这里，就给传统“六书”中的前三书以新的解释，可谓“一家之言”。

标意文字的特点在于“其符号是标意性的，它要通过‘形声相益’和‘假借’组合形式来实现全面的标志职能”。就汉字来说，六书中的形声即为标意文字。作者指出：“从静止状态看，形声字与转注字似乎结构相同，其实完全不同。转注字是标形文字的组成形式，在假借字上加注区别字，这是一种临时性组合，字义取决于假借字，相反，形声字是由意符声符组成的固定形式，词义包孕在整个合体字中”。此说颇具眼力，不能轻易放过。

标音文字的特点在于“通过标志词的语音成分来取得词汇书面代表的资格”，其符号只标音，不标义，“是建立在分析语音的基础上的”。其原字就是所谓“字母”，成字“是由字母孳生”拼合而成的，结果“使字形与语音达到高度一致”。由此看来，把“六书”中的“假借”当作所谓“表音文字”显然是不妥当的。

《从划分标准看文字类型》这篇论文，从立意到论证，今日读来几乎仍然给人以新鲜的感觉。文中有些提法未必都很妥帖，但是，其主要论点和基本思路，对我们重新思考文字类型这个文字学的根本问题，重新认识传统“六书”和确认汉字的性质与类型，无疑都是很有帮助的。

古稀述怀

过了古稀之年，完全退休之后，作为散淡之人，有三大乐趣：一是读散淡之书，即与专业无甚关系的书；二是写散淡之文，即与功名完全无关之文；三是思散淡之想，即与一生得失有关之反思。老子说得好：“反者道之动。”反思是人的最高智慧的活动。天有晴阴，地有山川，日有出入，月有圆缺，人亦有顺逆。古稀之年撰写《述怀》，其本意即在于通过理性思考，悟出一些为人处世的道理。

其一是“生存自觉”，即对自身的生存状态要有自觉意识。这里所谓生存，并非一般生物学的意义，而是指人的某种社会存在方式。孔子云：“君子坦荡荡，小人常戚戚。”君子有其正道，小人有其邪径。君子的为人处世应当是“穷不失义，达不离道”。譬如是非、得失，利害的大潮到来之时，有些人不顾事实，甚至颠倒黑白，结果不是随波逐流，就是为之淹没，其基本原因就在于漠视自身的“生存状态”。要使自己始终保持君子式的生存状态，那就需要不断强化“生存自觉”意识，坚持一种正大光明的生存方式，并勇于摆脱一切外在的干扰，克制所有不良的念头。此即荀子所谓“防邪僻而近中正也”。据说美国有句谚语：“天使能够飞翔，是因为把自己看得很轻。”那么反过来说，魔鬼陷入地狱，是因为把自己看得太重。

其二是“人性自省”，即对自身人性或正或邪的反省。譬如尊老爱幼、友善同情、诚实正直等，是古今社会都提倡的人的基本善行，凡是正派人都应当具备的；而虚伪妒忌、欺诈残忍等，则是人类社会所反对的恶行，是每个有良知的人予以唾弃的。孟子云："无恻隐之心，非人也；无羞恶之心，非人也；无辞让之心，非人也；无是非之心，非人也。"这些基本的人性，其实就是人类社会道德的基础。在社会处于变动、革命、转型的时期，在个人的某些欲望需要满足的时候，我们就有必要扪心自问，是否依然坚守着善良的品行。无论是"四清"还是"文革"，也无论处于主动还是被动地位，在关键时刻，我都要反躬自问，人的"基本善行"在我身上是否有所丢失，以此来保持一副清醒的头脑，慎重地维护着人的"基本操守"。一个能够严格自律的学者，应当是有信心、有毅力的。

其三是"文化陶冶"，即对自己民族的精神文化具有一种自觉陶冶的需要，也就是自身要不断地开发智能，滋养道德，提升精神。譬如儒家所提倡的"仁义礼智信"，道家所强调的"顺应自然"，佛家所宣扬的"普渡众生"等，都是建设人类美好社会所需要的，也是与共产主义的最高理想息息相通的。一个严肃的文化人既要有自律的精神，也要有自我陶冶的能力。荀子云："君子之学也，以美其身：小人之学也，以为禽犊。"所谓"美其身"，即严格要求，冶炼人格，陶冶性情，完善自身，以个人的生命历程去思量和对照我们优秀的民族文化与传统道德。

总而言之，以上三方面为的都是自身达到一种较高的境界，即明确个人对国家的责任和对社会的义务，注意吸取有益的文化滋养，提升自身的道德水准，守护心中的"精神家园"。何谓"精神家园"？据我的理解，是一座意识生命意义的礼堂，是一块净化灵魂的圣地。培植精神家园，就要经常把优秀的民族文化和传统道德当作一面镜子，不断清扫心灵上的尘埃，随时驱除人格上的阴影。这才是获取人类最高心智的最基本、最有效的举措。

跋

连我自己也没想到，在古稀之年完全退休下来的前后会写起散文来，虽则此前也曾写过杂感之类的，但那毕竟是游走在与专业的教学和研究有关的江河之岸上，并没有完全跨越川流而漫步于完全摆脱功名的溪流边，把笔端伸向纯粹的随笔和游记之类。然而，毕竟是如此这般地闲步下来了。

回忆起自己这一生的经历来，也确实有点意思。还未满五岁的一个仲春，父亲把我和弟弟送到屯溪一家私塾接受启蒙教育，读的是《三字经》、《百家姓》、《千字文》之类；半年多后，便转到了当时所谓的“洋学堂”读到五年级；而小学阶段的最后一年，又进了屯溪天主教堂附属的教会学校，并在那所天山小学毕了业。其后，上简易师范而中等师范而高等师范。在高师读书期间，我喜欢上了“外国文学”这门课程，为此，我认真学习当时教育部门规定的俄文，挤出时间大量阅读西方尤其是俄罗斯伟大作家的文艺作品，有意钻研欧洲尤其是德国著名思想家和哲学家的代表著作。我的本科毕业论文就属于苏俄文学的领域。于是西方先进而独特的思想文化大大地开阔了我的视野，深深地震撼着我的身心。

一九五九年夏大学毕业，就分配到省城安徽教育学院任教，当时讲究服从工作需要，从此就跟外国文学断绝了关系，讲授起现代汉语和古代汉语的课程；一九七三年秋调到安徽大学中文系，先后执教古代汉语、训诂学、汉语史、古汉语语法专题以及“《马氏文通》研究”等课程；以至于接近花甲之年还担任起安徽大学汉语言文字学专业的硕士生乃至博士生导师。半个世纪以来，出于教学和研究的需要，不由自主地对古代传统文献产生了越来越浓厚的兴趣，倾其精力地深入钻研起先秦时期的诸子散文和历史散文。

在当时的那种历史条件下，总以为只能在国内度过教书生涯了，绝没有想到还能见见国外的世面。“文革”结束以后的改革开放，一下子改变了国人的思想意识，从上到下都逐渐地把目光投向国外，把孩子送到外国留学成为当时的一种潮流。我向来并不随波逐流，但潜意识告诉我，与三十余年的社会封闭相比，这无疑是古老中国的一大进步。于是也不惜倾我所有，先后让一双儿女通过出国考试，分别到美国和德国的高等学校攻读研究生，毕业后他们便分别留在了美国和英国工作，接着都各自成了家。我本人也因为学术交流的需要，一九九八年起，先后几次到法国巴黎、加拿大温哥华、美国艾尔瓦以及新加坡等地，参加国际学术会议。这让我大开眼界。二〇〇四年五月下旬，趁在艾尔瓦州立大学出席学术会议期间，我自费来到了定居费城近郊的儿子家里，住了近两个星期，开始领略了国外的日常生活。

二〇〇七年正式退休前后，我的精力稍稍转移到散文的写作，除了早先的杂感以外，发表了十几篇忆昔随笔文字。二〇〇九年三月中旬，我和老伴儿去美国探亲，至今前前后后在费城近郊住了两年多，不仅与社区附近几个华人家庭有所来往，而且其间用了半个多月的时间，由东部飞到西部，然后由西往东先后游览了拉斯维加斯大赌城、闻名遐迩的大峡谷、赫氏大城堡、圣地亚哥海滩、洛杉矶影视城以及华人比较集中的旧金山与纽约、华盛顿等地，见闻不少，感受良多，随即把种种经历与体悟以随笔、游记的形式抒发胸臆。

退休之前，因忙于专业的教学和研究，在撰写学术论文之余，也写过一些与专业有关的随笔与杂感，但篇数不多，长篇更少。虽然有不少次机会外出参加全国或国际性的学术会议，会议之余也顺便游览过国内外的名山大川，但因为几乎满脑子里都是学术课题与大会研讨，极少有闲情逸致去欣赏那些山川美景，所以没有涉猎于游记之类。

退休前后就大不一样了，无论是受邀外出参加学术会议、做学术报告也好，还是出国探亲、参观游览也好，身心都轻松了许多，情致也改变了许多，见闻、感受自然与从前大不相同，由着情趣和兴致便写起游记来，那种感觉犹如行云流水；即使参观国外著名而庄重的博物馆、科技馆之后所写的随笔，其电脑里敲击出来的文字也毫无那学术性的负累，倒觉得不吐不快，轻松而自如了。不知怎么的，那几年，莎士比亚的四大悲剧，巴尔扎克的人间喜剧，托尔斯泰的长篇，契科夫的短篇，甚至如希腊的史诗，英国的乡曲，德意志的歌德，俄罗斯的普希金，又重新回到我的心坎上，那种藕断而丝连的甜蜜感觉，只有当事人心里才能体悟到。尤其是近两三年，先后到美国与英国探亲，在国外做起寓公，上述情怀有增无减。于是，散文连篇，诗歌几首，其浓厚的意兴来得那么地不由自主。

显而易见，我的内心世界先是用西方文化的眼光来观察中国，继之又反过来用中国的传统思想来考量西方。成语所谓“东张西望”、“左顾右盼”倒是能表述我现时的心境，回顾东西方各自发展历程的风俗世情，期盼东西方彼此交流而取长补短。这就是这本散文“顾盼集”取名的由来，连时间和空间都包含在内了。

若是读者认真问起何以能够如此，当事人可以轻松地回答，是一种潜移默化而重新复活的青年时期的文学情结，是一种追溯人生、回归传统、体悟生命而达到自然自在的心境。要说是一种“童趣”也未尝不可。不过，回顾这一生，作者还是崇尚理想、注重哲理、执著情感的，因而大多数篇章都是理性和激情的糅合。

集子里流淌的，大致是两股溪流：一是不少对往昔的回顾，其中牵动着对乡里故国某些文化习俗的冷静的思考和反省；一是较多对现时的期盼，这里包含着对他乡异国的热切的思索和评断。正是由于这个缘故，集子里的多数文字似乎显露出融“叙事、说理、抒情”于一炉的格调。总而言之，通过这个文集，作者希望能与读者在心灵上彼此有所沟通。末尾，赋旧体诗一首以慰之（手写于元月十二日夜晚）：

声声敲击行行字，毛发稀疏飘云朵。
问君运筹有几多，斟词酌句眼婆娑。
文章情趣甚可比？蜂飞蝶舞水荡波。
无须世人费猜测，喉头作痒自唱歌。

最后还须交代一下。文集篇目的编排，大体以题材、内容相近者为一类，大别如抒情、随笔、游记、杂感，分为四辑，近乎古文里的“记”和“说”；然后再大致按事情发生或文章发表时间之先后为次序。这样安排不过是让读者感觉稍有条理一些罢了。

二〇一一年四月十五日于费城近郊

［补记］　散文结集以后，于五月初带回国内。不久，即先后请我省两位名士过目并为之作序。一位是与我平辈的散文大家、安徽大学专门从事写作教学和研究数十年的方遒教授，他写作功底深厚，教学得法，不仅有写作学理方面的专著，而且有三四部散文集子问世；另一位是年龄稍小而名气较大的安徽省作家协会副主席、安徽大学中文系现当代文学学科带头人王达敏教授，他才思敏捷，学理坚实，论著时而闪现独特见解。之所以请这二位名士作序，不是为了别的，是为了坐实我这个到了老年才转行写起散文来的人的底气，更是为了对读者的一份责任和交代。有了这两篇《序》，作为作者的我，什么话也用不着说了，有的只是感激和欣慰。

二〇一一年六月十日于安徽大学困庐